LES SORCIERS NOIRS

LES ROYAUMES OUBLIÉS
AU FLEUVE NOIR

10. Magefeu
par Ed Greenwood

La trilogie de la Pierre du Trouveur
11. Les Liens d'azur
12. L'Éperon de Wiverne
13. Le Chant des Saurials
par Jeff Grubb et Kate Novak
14. La Couronne de feu
par Ed Greenwood

La trilogie du Val Bise
15. L'Éclat de Cristal
16. Les Torrents d'argent
17. Le Joyau du petit homme
par R.A. Salvatore

La trilogie du Retour aux Sources
18. Les Revenants du fond du gouffre
19. La Nuit éteinte
20. Les Compagnons du renouveau
par R.A. Salvatore
21. Le Prince des mensonges
par James Lowder

La pentalogie du clerc
22. Cantique
23. A l'ombre des forêts
24. Les Masques de la Nuit
25. La Forteresse déchue
26. Chaos cruel
par R.A. Salvatore
27. Elminster, la jeunesse d'un mage
par Ed Greenwood

La trilogie des Sélénæ
28. Le Coureur des ténèbres
29. Les Sorciers noirs
30. La Source obscure
par Douglas Niles

La Trilogie de la Terre des Druides
31. Le Prophète des Sélénæ
32. Le Royaume de Corail
33. La Prêtresse devint reine
par Douglas Niles (avril 1998)

LES SORCIERS NOIRS

par

DOUGLAS NILES

Couverture de
KEITH PARKINSON

FLEUVE NOIR

Titre original :
Black Wizards

Traduit de l'américain
par Michèle Zachayus

Collection dirigée par Patrice Duvic
et
Jacques Goimard

Royaumes Oubliés et le logo TSR sont des marques déposées par TSR, Inc.

Le Code de la propriété intellectuelle n'autorisant, aux termes de l'article L. 122-5, 2° et 3° a), d'une part, que « les copies ou reproductions strictement réservées à l'usage privé du copiste et non destinées à une utilisation collective » et, d'autre part, que les analyses et les courtes citations dans un but d'exemple ou d'illustration, « toute représentation ou reproduction intégrale ou partielle, faite sans le consentement de l'auteur ou de ses ayants droit ou ayants cause, est illicite » (art. L.122-4).
Cette représentation ou reproduction, par quelque procédé que ce soit, constituerait donc une contrefaçon sanctionnée par les articles L.335-2 et suivants du Code de la propriété intellectuelle.

© 1988, 1997 TSR, Inc. Tous droits réservés.
TSR Stock N°. 8412
ISBN : 2-265-06211-1
ISSN : 1257-9920

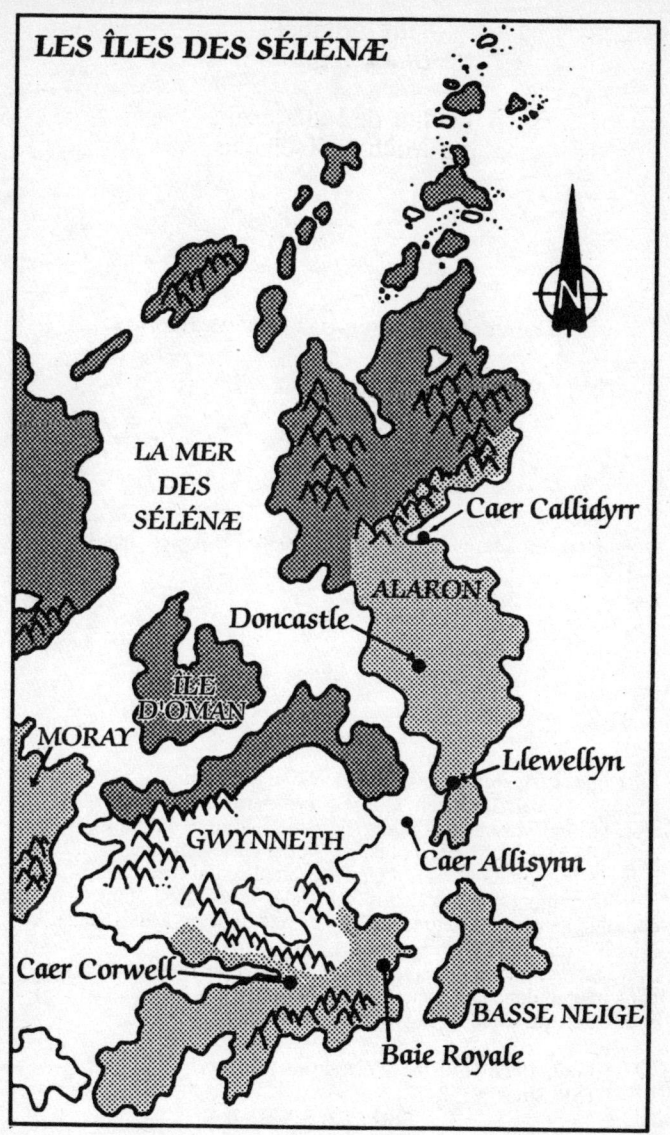

PRÉLUDE

Le plan des Géhennes, par nature, était hostile aux mortels. Construit à flanc de montagne, il n'avait ni commencement ni fin. Des fleuves de lave se jetaient dans des creusets bouillonnants.

C'était le fief de Bhaal, le dieu de la Mort.

Violent et colérique, il avait soif de sang. Ses sinistres adorateurs, de plus en plus nombreux, augmentaient ses pouvoirs.

Bhaal voulait venger la mort de son serviteur, Kazgoroth. Un simple mortel, un an plus tôt, avait osé défier le dieu en abattant un de ses démons !

Bhaal ourdissait la perte de l'impudent et des siens avec un malin plaisir.

Le prince en question était aimé d'une druidesse, disciple d'une divinité honnie.

Que leur pays même subisse ses foudres paraissait fort approprié aux yeux du dieu de la Mort. Les Sélénæ seraient anéanties.

Même mort, Kazgoroth n'avait pas entièrement disparu : son cœur subsistait...

Bientôt, les Sélénæ seraient à la botte de la Mort. Plus rien de vivant n'y demeurerait.

Telle serait la vengeance de Bhaal !

*
* *

— *Entrez.*

Devant le tueur tout de soie vêtu, un pan de mur s'évanouit, dévoilant un corridor plus noir que la nuit.

Il s'y enfonça.

Dans cette tour du château de Caer Callidyrr, des ténèbres surnaturelles régnaient.

Le tueur entendit des doigts claquer, et l'obscurité se déchira. Par de hautes fenêtres étroites, la lune jetait un éclat tamisé sur la scène.

Le conseil des Sept se dressait devant le nouveau venu, qui eut peine à réprimer son dégoût.

Cyndre présidait.

Sa voix douce jurait avec les terribles pouvoirs dont il disposait.

— Tu as raté ta mission, à Moray. La fille du roi Dynnegall a eu le temps de décrire tes hommes de main avant d'expirer.

— Les gardes étaient plus nombreux que vous me l'aviez laissé entendre... Nous avons dû en tuer des dizaines avant d'atteindre notre cible. La nourrice avait caché le bébé dans un grenier. Il nous a fallu encore des heures pour le récupérer. L'opération m'a coûté deux hommes de valeur. Quoi qu'il en soit, j'ai réussi : la lignée Dynnegall n'existe plus — comme celle de Basse Neige, que j'ai aussi exterminée pour vous l'an dernier.

— Vu la somme mirobolante que nous te payons, aucune défaillance n'est tolérable. Même ta mère, l'orc, aurait pu mieux faire.

L'insulte passait les bornes. Vif comme un cobra, l'assassin lança une dague.

Cyndre pointa un index et lâcha un mot de pouvoir : à quelques doigts de sa gorge, la lame se changea en une chauve-souris, qui fit volte-face pour s'attaquer au tueur.

Lequel se contenta de tuer l'animal avec une autre dague.

D'un geste indifférent, le maître fit disparaître le petit cadavre. Son ricanement amusé dissipa la tension.

— Bon, Razfallow, tu retourneras bientôt à Calimshan. Toutefois, un dernier roi, dans les Sélénæ, indispose encore notre... souverain. Tu te rendras avec ta bande à Caer Corwell. Le prince de ce royaume est un héros des plus populaires, et une menace pour nos ambitions. Le prêtre Hobarth nous a avertis que la diligence, dans cette affaire, était primordiale. Ce prince a une bien-aimée fort dangereuse. Ta mission est de les tuer tous les deux, ainsi que le roi. Tes gages seront doublés — triplés si tu rapportes l'épée du jeune homme à Caer Callidyrr. Mais avant tout, ce prince doit mourir.

CHAPITRE PREMIER

UNE DRUIDESSE
DE LA VALLÉE DU LOCH MYR

Au grand dam de son compagnon, un petit dragon-fée d'un bel orangé, Robyn s'acharnait à débroussailler. Boudeur, l'animal bourdonnait autour de la jeune femme, sans cesser de la harceler.

— Pourquoi dois-tu faire ça ? demanda-t-il. Laisse donc les vignes pousser comme bon leur semble ! Allons nous baigner !

— Je te le répète pour la centième fois, Newt... C'est le bosquet sacré de la Haute Druidesse de Gwynneth ; je suis en formation, afin d'être bientôt digne de notre ordre. Mon entraînement consiste à obéir *et* à contribuer à l'entretien du bosquet.

Même aux oreilles de Robyn, l'explication sonnait faux. Depuis un an, la jeune femme était la disciple de Genna Chantelune, sa tante. Ce n'était pas la première fois que cette dernière paressait dans son confortable chalet, tandis que sa nièce s'éreintait au soleil.

Robyn était une femme volontaire et courageuse. Inspirant à fond, elle chassa l'agacement et le doute.

Après tout, Genna aussi travaillait dur. Elle méritait un peu de repos.

Derrière le chalet, presque au centre du bosquet, se trouvait son cœur limpide et scintillant : la Source de Lune.

De grandes colonnes de pierre moussue l'entouraient.

Robyn étudiait avec diligence les secrets de la puissance terrestre. Grâce à sa mère, Brianna, qu'elle n'avait pas connue, elle possédait le don de la magie druidique. Mais le talent naturel était une chose ; apprendre la discipline et la rigueur, pour mieux l'exploiter, en était une autre.

Robyn continua à déraciner les herbes folles et les lianes qui étouffaient les racines des chênes.

Belliqueux, Newt persévéra aussi :

— Pourquoi n'utilises-tu pas ta magie contre ces parasites ?

— S'occuper du bosquet est affaire de main et de cœur. C'est la source de notre magie, précisément.

— N'en as-tu pas assez d'étudier et de peiner à longueur de journée ? Tristan ne te manque-t-il pas ? N'as-tu pas envie de rentrer chez toi ?

Ces questions touchèrent la jeune femme. Depuis un an, sur l'insistance de Genna, elle n'avait plus eu de contact avec son foyer.

Robyn réfléchit.

— Tristan me manque beaucoup, c'est vrai. Mais je dois étudier et déterminer si mon destin est de devenir, après ma mère et ma tante, la Haute Druidesse des Sélénæ. Je n'ai pas le choix. Et si Genna me demande de désherber le bosquet pendant encore douze mois, c'est ce que je ferai.

— Bien sûr..., fit le dragon, nonchalant. Tristan ne chôme sûrement pas non plus, à Caer Corwell. Les festivals et les chasses... toutes ces belles donzelles qui doivent faire assaut d'œillades... Un prince ne passerait pas ses après-midi à conter fleurette aux soubrettes ou aux filles d'auberge, c'est certain... Néanmoins, à supposer que...

— Oh, *la ferme* !

Ebranlée, Robyn chercha à se rassurer.

N'avait-elle pas raison de marcher sur les pas de sa mère ? Emerveillée, dans le livre que Brianna lui avait légué, elle avait découvert ses pensées et ses réflexions... Grâce à cela, Robyn avait mieux mesuré son potentiel.

Forte de la magie druidique et de la bienveillance de la Terre Mère à son égard, elle maintiendrait l'équilibre naturel des Sélénæ, sa patrie.

Quant à l'autre legs maternel (son bien le plus précieux), le bâton en frêne blanc, il catalysait ses pouvoirs.

Genna avait tant décrit sa défunte sœur qu'elle semblait familière à Robyn. Pour un peu, elle aurait cru avoir connu sa mère.

Un craquement de brindille tira la jeune femme de ses réflexions. Aucune créature du bosquet n'aurait commis cette erreur. Même l'ours Grognon, malgré sa masse imposante, se mouvait en silence.

Un homme surgit... Du moins Robyn le crut-elle.

La tignasse en bataille, le visage mangé par la barbe et les membres grêles, l'apparition tenait plus de la bête que de l'homme.

Avec un grognement pathétique, la créature à demi nue s'effondra aux pieds de Robyn.

*
* *

La proue profilée fendait les eaux du Firth de Corwell. La barque et ses huit passagers se fondaient dans la nuit. Ils s'éloignaient d'un galion mouillant plus loin dans le port de Corwell.

Les inconnus masqués débarquèrent et s'enfoncèrent

dans les rues de la ville assoupie. Leur chef, d'apparence humaine, n'était pas vraiment un homme : vu ses canines protubérantes, c'était un hybride.

*
* *

Eméché, Tristan Kendrick, prince de Corwell, aurait tout donné pour aller cuver au fond de son lit, au lieu de subir les foudres paternelles.

— Ton comportement est indigne de ton rang ! Jamais tu ne seras capable de régner !

Las et misérable, le jeune homme fit volte-face.

— Il y a un an, j'ai mis en déroute la horde de Nordiques qui assiégeaient ces murs ! J'ai vaincu la Bête qui foulait le pavé de cette cour ! Père, j'ai même retrouvé la légendaire épée de Cymrych Hugh !

L'arme qui trônait maintenant au-dessus de l'âtre avait disparu depuis des siècles.

— Tout ça est on ne peut plus plus héroïque — et dramatique, railla Kendrick. Depuis, tu laisses volontiers les dames t'aduler et les soûlards te payer à boire. Mais pour être roi, l'héroïsme ne suffit pas, mon garçon. Que sais-tu des lois et de l'administration de ce royaume ? Serais-tu capable de rendre la justice pour arbitrer les querelles des bergers ou des pêcheurs ? Tant que tu ne changeras pas, la couronne ne sera pas pour toi. Tu n'ignores pas nos coutumes : tu deviendras roi quand une majorité de seigneurs t'en jugeront digne. Si le vote avait lieu demain, je doute fort qu'ils t'éliraient !

Tristan serra les poings. De colère et de frustration, il se jeta dans un fauteuil. Kendrick n'en resta pas là :

— Que Daryth t'ait ramené sur tes deux jambes tient du miracle, fit-il, méprisant. Où est-il ?

— Sans doute dans son lit. Laissons-le en dehors de tout ça. Il est mon ami ; je ne vous permets pas de l'insulter !

— Depuis le jour où Robyn est partie étudier sous l'égide de sa tante, tu te conduis en chiot irresponsable et en boit-sans-soif !

— Je l'aime ! Tant que je ne la reverrai pas, plus rien ne m'ira ! Par la déesse, elle me manque ! Et si elle décidait de passer le reste de sa vie là-bas ?

— Et alors ? Ce serait son droit, et sa responsabilité. Mais pourquoi employer des mots dont tu ignores le sens...

— Père, j'ai décidé de me rendre dans la vallée du Loch Myr pour revoir Robyn. Je partirai au plus tôt.

— Exactement ce que je disais !

— Tu as raison à mon sujet. Après ce que nous avons vécu l'an dernier, j'abomine l'idée de passer mes journées le nez plongé dans de vieux grimoires...

La porte s'ouvrit à la volée. Kendrick n'eut que le temps de pousser violemment le fauteuil de son fils pour l'éloigner d'une volée meurtrière de carreaux.

Totalement dégrisé, Tristan roula par terre, tandis que son père brandissait une chaise en guise de bouclier. Le prince se redressa pour affronter un assassin masqué. Il feinta et roula sous la table qui le séparait de son épée, au-dessus de la cheminée. Le tueur bondit en même temps, le blessant à l'oreille. Mais Tristan saisit la lame et la plongea dans la poitrine de l'homme.

D'autres tueurs arrivaient ; jetant un siège dans leurs jambes, Tristan tendit une lance à son père. Son adversaire suivant faillit l'étriper ; Tristan s'aperçut qu'il n'était pas humain. Trop trapu, il dégageait un musc inhabituel et de sa gorge s'échappaient des grognements bestiaux. Sa sauvagerie accula le prince contre la cheminée.

Tristan affrontait-il un être de chair et de sang ou un démon engendré par ses cauchemars d'ivrogne ?

Il lutta pour se dégager et riposter. Mais son adversaire, décidément trop vif, ne lui laissait aucune ouverture.

Tristan pivota et bondit à l'écart, tandis que son père tuait un autre assaillant.

Celui du prince se jeta soudain à terre. Tristan l'imita à temps pour éviter un flot de projectiles.

Les duellistes se relevèrent en même temps. Mais le fils de Kendrick parvint à arracher le masque de son adversaire. Au même instant, il entendit un cri de douleur... Fasciné, il ne put détourner les yeux du visage qu'il découvrait, à mi-chemin entre l'homme et la bête : de larges mâchoires garnies de crocs, de petits yeux injectés de sang.

Un autre cri retentit... un tueur s'effondra, le cou en sang. Derrière, cimeterre au poing, Daryth se dressait ! Ainsi que Canthus, le molosse du prince !

Le dresseur de chiens avait dû entendre le vacarme. Grâce à son intervention, Tristan et son père avaient une chance de s'en tirer.

Quand Daryth bondit dans la pièce, il se figea, choqué.

— Razfallow !

— Alors, Calishite, voilà donc où tu te terrais... Tu n'imaginais pas m'échapper pour toujours ?

— Plus besoin de me cacher ! Surtout pas d'un bourreau d'enfants !

Le monstre lança une de ses dagues ; aussi vif, Daryth la détourna de sa lame.

Sentant le combat perdu, Razfallow sauta par la fenêtre et se réceptionna trente pieds plus bas, dans la cour. Puis il disparut dans la nuit.

— A la garde ! beugla le prince. Un intrus dans la cour ! Capturez-le !

Tristan vit son ami agenouillé près de Kendrick.

Du museau, Canthus poussait doucement la forme inerte. La seule blessure visible du roi était une estafilade à l'épaule.

Mais le Calishite leva une mine défaite vers Tristan :

— Le roi de Corwell est mort.

*
* *

Comme tout dieu, Bhaal communiquait sa volonté à ses fidèles via son clergé. Les prêtres, puisant leurs pouvoirs à la source divine, rivalisaient souvent avec les plus terribles sorciers.

Un prêtre de Bhaal des plus compétents se trouvait dans les Sélénæ. Il serait fort utile.

Le plan complexe qu'échafaudait le dieu de la Mort, s'il était couronné de succès, améliorerait son statut dans le panthéon des Royaumes Oubliés.

Bhaal enverrait un rêve prophétique à ce prêtre.

CHAPITRE II

LE CONSEIL DE CORWELL

Les ombres des tours de Caer Callidyrr pointaient vers la Baie de l'Aiglefin. Callidyrr était la plus grande cité des Sélénæ. Avec la tombée de la nuit, les transactions menées tambour battant prenaient fin — qu'il s'agisse des racines de ginyak importées du Calimshan, ou, dans les ruelles sombres, du trafic d'esclaves originaires d'Amn ou de Tethyr.

Le sorcier connaissait par cœur ces ruelles mal famées. Il s'engouffra dans une boutique, descendit à la cave et entra dans une salle circulaire. Des braseros produisaient un éclat et une chaleur d'enfer.

Au centre trônait un crâne démesuré. De marbre blanc, quatre fois gros comme une tête d'homme, les traînées rouges coulant de ses orbites vides — sans doute du sang frais — étaient une macabre caricature de larmes.

Ne parlait-on pas des « Larmes de Bhaal » ?

Le prêtre se retourna.

— Loué soit Bhaal.

— Salut au seigneur de la Mort, répondit le sorcier d'une voix amicale.

— As-tu agi selon ma vision ?

— En effet, Hobarth. Razfallow et son équipe les élimineront bientôt.

— Il reste beaucoup à faire. La femme n'est pas à Caer Corwell.

— Peu importe. J'enverrai Razfallow au fin fond des Royaumes, s'il le faut.

— Non ! Je dois la trouver : Bhaal veut boire son sang sur son autel.

— Où est-elle ?

— Bhaal me l'a révélé — à moi seul. J'irai.

— Et pourquoi veut-il son sang ?

— Peut-être désire-t-il une druidesse. Grâce au conseil des Sept, les druides se font de plus en plus rares.

Cyndre ricana.

— Ton dieu et toi n'êtes pas étrangers non plus à l'élimination des druides d'Alaron. Privé de guides spirituels, le Ppeuple de Callidyrr est mûr pour être vaincu.

— En effet.

— Que le succès t'accompagne. Même s'ils ne font pas le poids contre nous, les pouvoirs des druides sont parfois agaçants.

— J'ai la puissance de Bhaal pour moi, rappela Hobarth.

— Naturellement... Où avais-je la tête...

Le sorcier dissimula son amusement.

Les prêtres et leur foi stupide !

— Je partirai dès demain. Cette druidesse ne verra pas la prochaine pleine lune.

*
* *

— On dirait qu'ils se sont volatilisés ! pesta Randolph, le jeune capitaine de la garde.

— Nous en avons occis cinq, dit Tristan. Combien ont pu s'échapper ?

— Au moins deux : j'ai retrouvé trois de mes hommes, égorgés ou poignardés dans le dos.

— Des tueurs efficaces... Mais que voulaient-ils ? Mon père n'a jamais...

Au milieu de la pièce sens dessus dessous, les jeunes gens gardèrent un moment le silence.

Dans la chambre adjacente, le frère Nolan, prêtre de Corwell, veillait la dépouille royale.

Tristan avait du mal à réaliser que son père était mort.

— Où est Daryth ?
— Il mène les recherches.

Randolph sortit sans rien ajouter. Tristan se débattit contre le remords et l'incertitude. Pourquoi ses derniers moments avec son père avaient-ils été vécus sous le signe du courroux et de la frustration ? Et qu'adviendrait-il maintenant de lui et du royaume ?...

Il mesurait l'étendue de ses responsabilités. La solitude menaçait de l'engloutir.

Comme Robyn était loin !

Et Daryth qui ne revenait pas !

Harassé, Tristan se jeta sur un siège ; morose, il contempla l'âtre.

Au milieu de ses tourments, des soucis d'ordre pratique s'imposèrent. Des messagers avaient été dépêchés aux seigneurs de Corwell. Un conseil déciderait de l'avenir du royaume en élisant un nouveau roi.

Songer que les seigneurs Koart ou Pontswain, plus avides l'un que l'autre, pourraient bientôt trôner à la place de son père révoltait Tristan. Aucun de ces hobereaux n'était digne de succéder à Kendrick.

Le jeune homme se surprit lui-même : comme ses sentiments avaient changé en quelques heures !

Les yeux rivés sur les lumières de l'aube, Tristan admit qu'il désirait être le prochain souverain de Corwell.

*
** *

Robyn dut surmonter sa peur avant de retourner l'inconnu sur le dos. Le regard vague, il avait la langue sèche et crevassée. Elle s'empressa de lui verser quelques gouttes d'eau fraîche dans la bouche.

— Ne le touche pas ! couina Newt. Il a l'air dangereux !

Le petit dragon avait plongé derrière des buissons. Seuls ses yeux luisaient à travers les feuilles.

L'homme but. Le calmant de son mieux, Robyn le désaltéra doucement. Détendu, il parut s'endormir. Il était si frêle, si affaibli... Comment l'aider ?

Mais quelque chose en lui effrayait la druidesse.

— Qui es-tu ? chuchota-t-elle.

A en juger par sa peau déshydratée, il était resté longtemps exposé au soleil et au vent. Ses doigts étaient en sang à force de gratter la terre. Un pagne de cuir couvrait à peine sa nudité. Son regard affolé trahissait la peur et la douleur.

Dans son dos, Robyn remarqua un sachet attaché au pagne.

Dès qu'elle fit mine de le prendre, l'homme poussa un cri inhumain, et s'écarta d'elle à la façon d'un crabe. Stupéfaite par la violence de sa réaction, Robyn jura qu'elle ne recommencerait pas.

— Venez : vous pourrez vous reposer et manger.

Elle le prit par un bras et l'aida à se relever. Ivre d'épuisement, il titubait.

Circonspect, Newt sortit de sa cachette.

Robyn guida le pauvre hère jusqu'à un lit de mousse confortable où il s'allongea.

Un grondement sourd s'éleva. L'inconnu cria et se recroquevilla, les yeux exorbités.

— Grognon, ça suffit ! réprimanda Robyn. Honte sur toi !

Le plantigrade contrarié retomba à quatre pattes et s'éloigna.

La jeune femme posa une main rassurante sur son protégé, tremblant comme une feuille.

— Je suis navrée. Grognon est très râleur quand on perturbe ses habitudes. Mais il ne vous fera pas de mal. Dans le bosquet sacré, aucune bête ne vous attaquera !

Elle doutait qu'il comprenne ses paroles, mais son ton apaisant parut le soulager. Il finit par s'endormir.

Même inconscient, il serrait contre lui le mystérieux sachet.

Robyn le laissa et retourna à sa tâche.

Perché sur une branche basse, Newt l'attendait.

— Et maintenant ? On peut aller se baigner ?

*
* *

— C'étaient des Calishites, expliqua Daryth. Du moins ont-ils appris leur technique à l'académie de Calimshan.

— Comment peux-tu en être si sûr ? demanda Tristan.

Il aurait voulu crier jusqu'aux cieux son chagrin et sa révolte.

— Leur tenue, pour commencer...

Le prince savait que son ami avait fréquenté la fameuse académie de Calimshan, mais il parlait rarement de ses expériences. Manifestement, son passé ne lui inspirait aucune fierté.

— Les assassins du pacha portent la soie amnish la plus pure : comme celle-ci... (Daryth brandit un morceau de tissu.) De plus, les petites arbalètes sont leurs armes d'élection. Enduits de poison, les carreaux miniatures sont mortellement efficaces à une portée de cinquante pieds. Que tu leur aies échappé tient du miracle. Quant à Razfallow... Il était mon maître à l'académie. J'étais jeune, fort et rapide. Je pensais que mes études me vaudraient une vie de luxe et de confort... Mais apprendre à tuer, à voler, à trahir... exige beaucoup de sacrifices. Razfallow ne m'a pas épargné. C'est un des pires tueurs des Royaumes. Un jour, je l'ai contrarié. Le plus simple pour moi était de quitter le Calimshan.

— D'évidence, il ne t'a pas oublié...
— Le contraire m'eût étonné...

Daryth n'ajouta rien, malgré la curiosité du prince.

— Quel sorte d'hybride est-ce ?
— Sa mère était une orc. Le sujet est tabou pour lui.
— Comme si ce genre de « détail » pouvait passer inaperçu...
— Quoi qu'il en soit, reprit Daryth, deux autres gardes gisaient près des palissades, poignardés dans la nuque. A ma connaissance, aucune autre guilde au monde n'utilise cette méthode.
— Le pacha de Calimshan aurait donc envoyé des tueurs à Corwell ?
— Sans doute pas. Qu'ils viennent de cette région est certain. Mais on les a payés avec ceci...

Daryth tendit des pièces d'or, frappées aux armes du Haut Roi.

— Caer Callidyrr ? s'écria Tristan. On les aurait payés avec la monnaie du Haut Roi ?
— Il semble bien... Que l'un d'eux ait eu l'imprudence d'avoir de l'argent sur lui est plutôt bizarre, mais... Peut-être ne se fiait-il pas à ses complices. Quoi qu'il en soit, ce tueur n'en aura plus besoin là où il est. Quelle relation existe entre le Haut Roi et les souverains du Ppeuple tels que ton père ?
— Le titre de Haut Roi est surtout honorifique. Seul Cymrych Hugh, qui unit les populations sous son étendard, régna véritablement sur l'ensemble des îles. A présent, ses héritiers coiffent la Couronne d'or des Sélénæ. Mais l'unique autorité qu'ils exercent encore

concerne le royaume de Callidyrr. A Moray, à Basse Neige et à Corwell, nous leur prêtons peu d'attention.

— Par « honorifique », que faut-il entendre ?

— Le Haut Roi est le seigneur des rois de Corwell, de Moray et de Basse Neige, qui lui doivent allégeance. Le Callidyrr est le plus grand royaume des îles. Le Haut Roi actuel, Carrathal, a développé le négoce avec les nations de la Côte des Epées. Il a même engagé un conseil de mages d'Eau Profonde pour le seconder. Néanmoins, n'étant pas plus dynamique que ses prédécesseurs, il n'a pas su s'imposer au Ppeuple tout entier.

Tristan en avait discuté plus d'une fois avec son père. En l'absence d'autorité centrale, les Nordiques avaient pu conquérir bien des terres en toute impunité. Ce manque chronique d'unité prêtait le flanc aux ambitieux et aux conquérants.

— Kendrick n'était pas la cible des tueurs, reprit Daryth. Le véritable vainqueur de l'an dernier était visé.

— Moi ? s'étrangla Tristan.

— Simple hypothèse... Ton père ne faisait pas d'ombre au Haut Roi. Toi, en revanche...

— Mais que gagnerait-il à m'occire ? Sa position lui vaut déjà de rudes opposants. Qui sait combien de nobliaux assoiffés de puissance arriveront pour se disputer le trône de Corwell ? L'un d'eux aurait très bien pu faire assassiner mon père pour s'approprier sa couronne.

— Peu vraisemblable. Les lauréats de l'académie du vol ne travaillent pas pour rien. Je doute que vos seigneurs locaux aient pu s'offrir leurs services.

— Peut-être le Haut Roi, ou un riche individu du Callidyrr, en ce cas...

— Quoi qu'il en soit, prends garde à toi, Tristan.

— Je n'y manquerai pas. Le conseil de Corwell me rend nerveux. Les funérailles terminées, un nouveau souverain sera élu.

— Que comptes-tu faire ?
— Etre élu.

*
* *

Le croissant de lune éclairait à peine la vallée du Loch Myr. Le bosquet touffu où Robyn avait laissé son protégé restait sombre.

L'homme, qui avait dormi tout l'après-midi, se réveilla. Avec un luxe de précautions, il glissa la main dans son sachet et caressa une pierre noire aux facettes polies. On eût dit un cœur sculpté. Il s'en dégageait une certaine chaleur.

Le pouls du mal battait dans ses profondeurs.

Les lièvres et les écureuils s'agitèrent, conscients d'une anomalie. Les fleurs se refermèrent.

Non loin de là, dans son chalet, Genna se tourna et se retourna sur sa couche, en proie à un cauchemar. Robyn se réveilla en sursaut. Elle avait vu en songe son parrain, le roi Bryon Kendrick, couché dans un mausolée ! Une brume noire tombait sur lui...

Robyn ne put retrouver le sommeil avant l'aube.

*
* *

Dans la grande salle du château se tenait le conseil des seigneurs. Les nobles représentaient les villages et les bourgs du petit royaume. Ils buvaient à la santé de leur défunt suzerain, confiant son âme à la bienveillance de la déesse.

Les trente et un seigneurs éliraient bientôt le successeur de Kendrick. Tristan, leur hôte, présidait le conseil, Daryth à sa droite.

Frère Nolan assistait aux débats. Déjà, il avait converti quelques habitants au nouveau panthéon. Les druides ne se mêlant jamais de politique, aucun n'était présent.

Tandis qu'on buvait en l'honneur du défunt, Tristan passa en revue ses rivaux potentiels.

Les seigneurs Koart et Dynnatt, qui ne s'étaient guère couverts de gloire contre les Nordiques l'année précédente, ne manquaient pas d'ambition. De plus, ils étaient amis. Mieux vaudrait les garder à l'œil.

Galric, qui ne dessoûlait presque jamais, régnait sur une centaine de communautés qui lui rapportaient une fortune en minerais de cuivre, de fer et d'argent.

Pontswain, un bel homme affable aux cheveux bruns bouclés et à la voix autoritaire, buvait peu et observait beaucoup — à l'instar de Tristan.

Quant aux seigneurs Fergus de la Baie Royale et Macshea de Macsheehan, ils se remettaient encore de la guerre. Hommes sensés et honnêtes, ils étaient ouverts à la raison.

— Mes seigneurs, commença Tristan, soyez remerciés d'être tous présents aujourd'hui. Vos derniers hommages, devant la dépouille de mon père, ont été très appréciés. Soyez-en sûrs. Le règne de Kendrick a duré vingt-sept ans. Hormis une exception notable, ce furent des années de paix et de prospérité. Le négoce maritime a fleuri, les impôts n'ont pas augmenté, restant même ridiculement bas pour le menu peuple. Le roi vous a laissés gouverner vos fiefs sans presque jamais intervenir, vous en conviendrez.

« Quand nos voisins de Moray furent envahis par les Nordiques, le roi de Corwell les libéra. L'été dernier, quand notre royaume fut de nouveau visé, nous avons vaincu l'ennemi et ses alliés surnaturels ! Avec l'épée de Cymrych Hugh, nous avons eu raison de la Bête que les Nordiques appelaient leur maître !

« Beaucoup d'entre vous se relèvent à peine de l'épreuve... Galric a vu son fief dévasté par une horde de loups sauvages. Fergus et Macshea eurent leurs domaines incendiés... D'autres, comme Pontswain, ont été plus fortunés. Leurs terres et leurs troupes furent épargnées.

Avec un sourire et une révérence courtoise, Pontswain se leva avant que Tristan poursuive.

— Mon... prince. (Lourde de sous-entendus, la pause n'échappa à personne.) Votre gracieuse hospitalité est des plus appréciées. Il serait temps, néanmoins, d'en venir au vif du sujet. Laissez-nous, je vous prie, afin que nous procédions au vote.

Tristan s'était attendu à quelque manœuvre visant à l'écarter, mais la brutalité de celle-ci lui coupa un instant la voix.

— Mon... seigneur... Autant que vous tous, j'ai gagné le droit d'assister à ce conseil — si ce n'est plus que la plupart d'entre vous, si on en juge par le sang versé.

Les seigneurs qui avaient le plus souffert hochèrent la tête en silence.

— Allons, mon garçon..., fit Pontswain, condescendant.

Tristan saisit aussitôt l'ouverture :

— De quel droit vous adressez-vous à moi sur ce ton ? Selon nos lois, je suis aussi apte à régner que vous — sinon bien davantage !

En quelques secondes, les candidats encore en lice s'étaient réduits à... deux. Tristan et Pontswain le comprirent parfaitement. Ils se toisèrent en silence.

— Personne ne nierait, reprit Pontswain, que sous l'égide de votre auguste père, vous avez contribué à la grandeur du royaume. Mais Kendrick disparu...

— C'est pourquoi nous sommes réunis, coupa le prince. Sur la colline de la Liberté, avec mes volontaires, nous nous sommes battus à un contre quatre et nous l'avons emporté ! Mon père était-il près de moi ? Quand j'ai retrouvé l'épée de Cymrych Hugh, disparue depuis des siècles, ou que j'ai affronté la Bête dans la cour même de ce château, où était-il, sinon alité, car gravement blessé ? De même, j'ai traqué et détruit ce monstre sans l'aide de Kendrick !

— Et depuis lors, vous passez votre temps à vous enivrer, à ripailler et à trousser les filles ! Vous vous laissez aller !

Tristan n'aurait pas cru que ses écarts de conduite fussent si bien connus.

— Peut-être ai-je pris du bon temps, en effet, concéda-t-il. Mais du moins ai-je payé mes fredaines sur ma cassette personnelle, sans rançonner le royaume !

Ce fut au tour de Pontswain de faire l'objet de la désapprobation générale. Nul n'ignorait que cet avaricieux accablait ses sujets d'impôts.

— Mon expérience d'administrateur m'a préparé à régner. Ma communauté prospère...

— Parce que vous restiez derrière vos murs tandis que la guerre ravageait les provinces voisines !

— Accusation injuste ! Mais merci de me donner l'occasion de m'expliquer. Durant la guerre, mes troupes ont patrouillé au sud du Firth de Corwell. Je chevauchais à la recherche des pillards, des loups ou de tout ennemi, quel qu'il fût ! Est-ce ma faute si mes terres n'ont pas été envahies ?

Certains parurent convaincus. D'autres, comme Fergus ou Dynnatt, se renfrognèrent.

— Quoi qu'il en soit, conclut le rival de Tristan, votre immaturité ne nous laisse pas le choix. Notre roi doit être intelligent et responsable. Là, il est clair que je vous suis supérieur.

— Peut-être, fit Nolan, prenant la parole pour la première fois. Et peut-être pas.

Même s'il comptait encore peu d'adeptes, le frère était respecté. Ses dons de thérapeute avaient sauvé plus d'un homme, y compris parmi les seigneurs présents.

— Vous êtes bien pressés d'élire un nouveau souverain..., continua-t-il. Vous oubliez le pouvoir central : appelez-en au Haut Roi. Qu'il vous guide en cette heure critique ! Que son choix avisé vous départage !

— Un sage conseil, grommela Pontswain.

Fergus explosa.

— La suggestion me plaît ! Que le Haut Roi décide !

Tous acquiescèrent. Tristan et Pontswain se défièrent du regard.

— Je me rendrai à Caer Callidyrr et je lui soumettrai notre requête, dit le prince.

— Je vous accompagnerai ! lança son rival.

— Adjugé ! brailla Galric, sa chope brandie. Que le Haut Roi décide !

*
* *

Cyndre présidait le conseil des Sept.

— Alexei ? fit-il de sa voix au timbre mélodieux. Je te sens réticent...

— Ce prêtre pourrait nous utiliser à ses propres fins ! Il ne m'inspire aucune confiance !

— Comment oses-tu douter des décisions de notre maître ! s'écria un homme, tapotant la table de ses doigts couverts de diamants.

— Allons, Kryphon, fit Cyndre, restons calmes et pondérés.

— Très bien... Selon notre estimé collègue, devrait-on ignorer la menace qui pèse contre le Haut Roi ?

— Bien sûr que non. Mais seule la prophétie de cet Hobarth en atteste !

— Il s'agit d'un prêtre très puissant, au service du redoutable Bhaal..., renchérit Doric, froide et arrogante.

— C'est juste. Mais assurons-nous de la véracité de ses affirmations ; cela me paraît élémentaire.

— Me prendrais-tu pour un imbécile, Kryphon ? fit

Cyndre, doucereux. Mon premier geste a été de vérifier les dires de ce prêtre ! Pour l'heure, lui et son dieu servent nos intérêts... Les meilleurs chefs du Ppeuple ont été éliminés ou neutralisés. Bientôt, notre souverain régnera en maître absolu.

Trois hommes entrèrent — ou plutôt, deux et... Razfallow.

— Alors ? s'enquit Cyndre. Quelles nouvelles de Corwell ?

C'était pure formalité ; le tueur n'apprendrait rien au sorcier que ce dernier ne sût déjà grâce à la clairevision.

— Nous avons échoué, maître... Le roi s'est sacrifié pour sauver son fils. Puis le garde du corps du prince est intervenu — un de mes anciens étudiants. J'ai perdu cinq de mes meilleurs...

— Voici ce que je pense de vous...

Index pointé, Cyndre fit suffoquer les acolytes de l'hybride.

Razfallow assista à l'exécution, impassible.

— Je t'épargne uniquement parce que j'ai encore besoin de toi, lâcha le sorcier. Rachète-toi et tu pourras peut-être continuer ta misérable existence...

*
* *

Livide et défaite, Genna gisait au fond de son lit.
Robyn la regarda, horrifiée.
— Qu'y a-t-il ? Dis-moi ce que je peux faire !
— Va-t'en ! Ne reste pas !
La jeune femme sortit.
Dans le jardin, l'inconnu qu'elle avait recueilli arrosait des roses.
Songeuse, elle s'éloigna. Ces derniers jours, l'état de Genna s'était rapidement détérioré. De plus, Robyn rêvait souvent de l'arrivée inopinée de Tristan...
Au fond, elle était sûre qu'il était advenu quelque

chose de terrible. Sans l'étrange maladie de sa parente, elle serait déjà retournée au château...

*
* *

La Terre Mère et Bhaal n'avaient décidément rien en commun. Tandis que le dieu de la Mort sévissait dans tous les plans et tous les univers, elle se limitait aux Sélénæ. Lui prospérait dans le chaos, elle ne pensait qu'à préserver l'Equilibre naturel.

Depuis l'aube des temps, les îles des Sélénæ étaient la chair et le souffle de la déesse. Les druides catalysaient sa puissance. Laquelle était en diminution constante... Au fil des siècles, les raids répétés des Nordiques les avaient contraints à l'exil.

Sans compter l'île d'Alaron... où l'ordre avait mystérieusement été éliminé.

Les petites îles de Basse Neige et de Moray, peu peuplées, entretenaient le culte. Néanmoins, les druides y résidant, tout dévoués qu'ils fussent à la déesse, restaient des gens simples.

A Gwynneth, elle pouvait encore compter sur des druides vraiment puissants.

La déesse pressentait que, pour survivre à ce qui se tramait, elle aurait besoin de tous ses atouts.

CHAPITRE III

NOIR SORCIER

Dans les ténèbres, des centaines de nains longeaient d'un pas sûr les précipices.

— Tes troupes sont-elles en position ? Mon temps est précieux, lâcha Cyndre.

Son ton comme son attitude respiraient l'ennui.

— Tu recevras ton dû ! bougonna un nain. Du moins si ta magie est à la hauteur de tes prétentions...

Dai-Dak, roi des nains noirs — ou duergars —, défia son allié du regard : un instant, il se retrouva métamorphosé en salamandre...

— Veille à ne plus douter de moi, fit le sorcier d'une voix douce.

Dai-Dak s'empressa d'acquiescer.

— Comme convenu, mon armée défendra les abords souterrains de Caer Callidyrr. Nul ne passera plus.

— Fort bien.

Les duergars à la peau sombre et au poil rêche portaient de belles armures de métal ou de cuir.

Les Svirfneblins, ou gnomes des profondeurs, étaient leurs ennemis ataviques. Les duergars voulaient leurs trésors : des gisements d'or et de fer, des lichens de première qualité. Sans parler des sources souterraines.

Unis, la Garde Ecarlate et les duergars feraient des ravages.

Le roi guida Cyndre vers un promontoire qui dominait un vaste réseau de cavernes : le royaume des Svirfneblins. D'immenses colonnes veinées de pierres précieuses reliaient le sol à la voûte. Quelque cinq cents pieds plus bas, les cabanes aux toits ronds s'agglutinaient le long des parois. Toujours industrieux, les gnomes vaquaient à leurs tâches, qu'ils soient potiers, joailliers, boulangers, fermiers ou forgerons...

De constitution frêle, plus petits que les duergars, ils étaient également bien moins hargneux et malveillants.

Au-delà du village s'étendaient des forêts de champignons et de mousses, reliées par des passerelles de pierre.

Le tableau respirait la sérénité et la douceur de vivre.

Plus pour longtemps...

De ses doigts tendus, Cyndre fit jaillir un gaz jaune qui descendit vers la paisible communauté. Il s'infiltra partout... et tua tous ceux qu'il enveloppa.

Ceux qui fuirent tombèrent sous les coups des duergars.

Une centaine de survivants couraient vers une caverne adjacente. Cyndre chuchota un mot, se volatilisa et réapparut devant la grotte, qu'il obtura avec un mur magique. Puis, invoquant la foudre, il ensevelit les malheureux sous des tonnes de rocs.

Satisfait, Cyndre sourit.

Les nains noirs recevraient les réserves d'eau et de nourriture, ainsi que les précieux filons de minerais. Leur soif de sang maladive était momentanément assouvie.

Ils avaient ce qu'ils voulaient.

Et Cyndre les avait, *eux*.

*
* *

Le banquet achevé, les seigneurs s'étaient retirés pour la nuit, à l'exception de Fergus et de Pontswain. Flanqué de Daryth et de Randolph, Tristan se joignit à eux.

Daryth accompagnerait le prince et son rival à Caer Callidyrr, où tous deux plaideraient leur cause auprès du Haut Roi. L'un et l'autre acceptaient par avance de se plier de bonne grâce à sa décision, quelle qu'elle fût.

— Comment voyagerons-nous ? demanda Pontswain.

— J'espérais faire route avec Fergus jusqu'à Baie Royale, en empruntant la route de Corwell... (Tristan jeta un regard en coin au seigneur.) Pourriez-vous nous fournir un vaisseau pour traverser le Détroit d'Alaron ?

— Avec plaisir, répondit Fergus.

— Très bien. Nous partirons à l'aube.

Tristan et son ami préparèrent leurs effets. Daryth s'arma de son cimeterre et de deux couteaux dissimulés dans les manches de son manteau. Tristan prendrait l'épée légendaire, un arc et des flèches.

A l'aube, les compagnons se retrouvèrent aux écuries : Tristan, Daryth, Fergus et son fils, Sean, ainsi que Pontswain, muni d'une épée et d'une lance.

Canthus, le molosse des landes du prince, serait également du voyage.

La matinée durant, ils chevauchèrent en silence.

Fergus, qui restait près de Tristan, se racla la gorge :

— L'an dernier, j'ai assisté au siège des Nordiques et à leur défaite. C'était grandiose ! Ce jour-là, je me suis senti fier d'être un seigneur du Ppeuple ! C'est à vous que nous devons cette éclatante victoire... Grâce à vous, Gwynneth est en passe de retrouver sa gloire d'antan... Vous serez bientôt notre roi, et le Ppeuple n'aura qu'à s'en féliciter. Vous avoir servi sera ma plus grande source de fierté.

Tristan se jura de tout faire pour redorer le blason de Gwynneth.

— Vos paroles d'encouragement me touchent, seigneur. Savoir que je laisse le royaume aux mains d'hommes tels que vous est gratifiant.

Le reste du jour, les compagnons ne croisèrent personne. Des hameaux émaillaient les pâturages rocailleux.

Le prince songeait à sa mie... Où était-elle ? Pensait-elle à lui ? Il aurait voulu lui annoncer en personne la disparition de son parrain. Mais retrouver le bosquet de la Haute Druidesse aurait exigé des semaines de recherches. En temps normal, la difficulté aurait titillé sa soif d'aventure.

Mais le devoir l'appelait ailleurs. Le groupe rallia Baie Royale en trois jours, et descendit à l'auberge du *Saumon d'Argent*.

*
* *

Le prêtre haïssait la mer, les effluves salins, la houle et le tangage. Pour la énième fois, il maudit la mauvaise fortune qui l'avait contraint à s'établir dans des îles pareilles ! Mais on ne discutait pas les volontés de Bhaal...

Hobarth regarda le coucher de soleil qui illuminait Baie Royale de ses feux.

Enfin, il descendit dans le port. Comparée aux autres communautés de Callidyrr, Baie Royale était une modeste ville portuaire. Impatient de se restaurer et d'attirer une belle jeunesse dans ses filets d'hypnotiseur, Hobarth choisit le *Saumon d'Argent* pour passer la nuit.

Dès qu'il franchit la porte, tous ses plans s'évanouirent en fumée.

L'homme qui devisait tranquillement au coin d'un feu, Hobarth l'avait vu en rêve. Il n'y avait pas de doute : c'était bien l'ennemi de Bhaal, le prince de Corwell.

En d'autres termes, les tueurs de Cyndre avaient échoué.

Le prêtre s'attabla près du prince et tendit l'oreille.

— C'est réglé, entendit-il. Nous ferons voile à l'aube.

— En effet, grommela un homme plus âgé. Si le temps se maintient... (Des éclats de rire couvrirent la suite.) Pas besoin... Vous reconnaîtrez facilement le *Caneton Verni*.

— Fergus, pouvez-vous vous occuper de nos chevaux jusqu'à notre retour ?

— Avec plaisir.

— Très bien. Je vais dormir. A demain.

Les autres imitèrent le prince. Hobarth remarqua le molosse assis près d'un Calishite. Après la mer, les chiens étaient ce qu'il détestait le plus.

Il caressa l'idée de suivre le prince dans sa chambre et de terminer le travail des tueurs. La présence du chien l'en dissuada. Sa magie aurait sans doute raison du prince avant que le cabot puisse réagir, mais la seule idée de ses crocs s'enfonçant dans sa chair lui donnait des sueurs froides.

Vidant sa chope, le prêtre échafauda un nouveau plan. Trouver l'embarcation à quai fut un jeu d'enfant.

S'assurant qu'il n'y avait personne alentour, il lança un sort de pourrissement.

Le prince n'atteindrait jamais Alaron.

Satisfait, Hobarth retourna se coucher à l'auberge.

*
* *

Morose, Newt avait ce jour-là choisi le bleu pour changer de l'orange. Il surveillait les humains à l'ouvrage. A la lisière du bosquet sacré, à quelque cinq cents pieds de la Source de Lune, Robyn et l'inconnu taillaient les haies où croissaient le gui et le chardon.

L'homme relayait Robyn avec une compétence surprenante. Grâce aux soins prodigués par la jeune femme, il avait rapidement repris des forces. Ses jambes ne tremblaient plus.

Ces derniers jours, en revanche, Genna se plaignait constamment de douleurs dans les os et de terribles migraines. Elle quittait rarement le lit.

Désormais, Robyn évitait le chalet.

— Peut-être est-*il* assez rétabli pour retourner d'où il vient, grommela Newt, toujours jaloux. Ce ne serait pas trop tôt !

— Pourquoi ne vas-tu pas piquer une tête dans la rivière, histoire de doucher ta méchante humeur ?

L'inconnu croisa le regard de Robyn et lui fit un sourire complice.

— Comment vous appelez-vous ? s'enquit-elle.

Elle aurait aimé lui trouver un nom et lui posait régulièrement la question.

— Je...

Il fronça les sourcils, dérouté. Soudain, il s'écarta, tendu de la tête aux pieds, comme s'il avait peur... ou était sur le point d'attaquer.

Malgré elle, Robyn se sentit apeurée, vulnérable... Pourquoi cet homme craignait-il tant ses semblables ?

Mal à l'aise, elle serra plus fort son sécateur.

*
* *

Campé sur une colline, Hobarth avait une vue d'ensemble de Baie Royale, et de la mer grise, à l'est.

Entre Gwynneth et Alaron, les pêcheurs suivaient les bancs de saumons.

Parmi eux, le prince de Corwell voguait... vers son funeste destin.

Le prêtre invoqua sa divinité avant de lancer un de ses sorts les plus redoutables. La magie afflua.

Lentement mais sûrement, les nuages s'accumulèrent, le vent se leva...

La tempête ferait bientôt rage.

*
* *

A bord du *Caneton Verni*, Pontswain contemplait l'écume. Daryth aidait le capitaine Rodger à hisser la voile. Voûté et frêle, le visage tanné, Rodger devait avoir passé la soixantaine.

A le voir si bien mener sa barque, les appréhensions du prince s'étaient estompées.

Ils s'engagèrent bientôt dans le Détroit d'Alaron. A son tour, Tristan savoura le plaisir de filer vers le grand large. Allongé sur des cordages, Daryth se reposait.

Au fil des heures, la mer ondula de façon alarmante. Le *Caneton Verni* semblait chevaucher des vagues toujours plus fortes.

Daryth réduisit la voile avec Rodger. Malgré sa nausée, Tristan était fasciné par les montagnes d'eau qui menaçaient d'engloutir l'esquif.

Mais Rodger était un vieux loup de mer...

Tiré en sursaut de son somme, Pontswain se récria contre un capitaine de pacotille, incapable de prévoir un grain.

— Laissez notre capitaine faire, espèce de faquin ! lança Daryth, qui n'était pas d'humeur conciliante.

— Comment osez-vous... ? s'étrangla Pontswain.

— Ce grain n'est pas naturel. Si vous n'étiez pas si

prompt à jeter le blâme sur les autres, vous vous en apercevriez !

Pâlissant, le seigneur se détourna.

Rodger continua comme si de rien n'était.

En fin d'après-midi, Tristan sentit l'inquiétude croissante du vieil homme. Au crépuscule, le temps parut se calmer. Mais dès la nuit tombée, les bourrasques reprirent avec une violence accrue. Les vagues mesuraient bien six pieds de haut. Canthus n'arrêtait plus de gémir.

Une lame balaya l'embarcation.

— Vite ! cria Rodger. Prenez des seaux et écopez !

A contrecœur, Tristan reconnut que Pontswain ne rechignait pas plus que lui à la peine. Bien sûr, leurs vies dépendaient désormais de leurs efforts...

Mais les seaux étaient des armes bien pathétiques contre de telles vagues.

Soudain, une odeur écœurante assaillit Tristan. De saisissement, il en lâcha son seau : des asticots grouillaient sur le pont. D'autres se tortillaient dans la coque !

Des relents de pourriture montèrent à ses narines.

— Sorcellerie ! hurla Tristan.

— Par l'enfer !

Pontswain n'était pas tant effrayé qu'outragé.

Epouvanté, Rodger assistait à la mise à mort de son bateau, dévoré par des milliers de vers.

Une nouvelle vague balaya le pont... et emporta le vieil homme vers sa fin.

Daryth se précipita pour retenir leurs armes, empaquetées dans un coin, avant qu'elles passent aussi par-dessus bord. Mais avec le roulis, le paquet lui fut arraché des mains et sombra...

Daryth plongea.

Tristan réagit à temps pour éviter la chute du mât, et se cramponna à la proue. Dans la nuit, il entendait aboyer Canthus malgré la tourmente, mais il ne le voyait plus.

Le *Caneton Verni* coula, entraînant le prince de Corwell à sa perte.

*
* *

Dans le verre ensorcelé, les contours d'une pièce apparurent. Cyndre avait relevé une des tapisseries de la salle du conseil pour dévoiler le miroir. Son cadre doré paraissait amplifier les lueurs qui y dansaient.

Le sorcier vit la grande salle de Caer Corwell. D'un mot, il orienta la claire-vision vers l'escalier principal, puis passa de chambre en chambre... Les lieux semblaient presque à l'abandon.

Sans déplaisir, Cyndre repensa à ce bouffon d'Hobarth, qui sacrifierait volontiers sa misérable existence à son dieu sanguinaire. Comparées aux pouvoirs inouïs qu'offrait la sorcellerie, ses compétences cléricales étaient dérisoires.

La foi aveugle, songea Cyndre, était bonne pour les imbéciles et pour les veules.

Enfin, il surprit la conversation de gardes désœuvrés et sourit.

Il savait maintenant ce qui importait : le prince de Corwell était en route pour Callidyrr.

*
* *

Avec un intérêt croissant, Bhaal regardait le drame se nouer.

Le cœur de Kazgoroth était aux mains de son ancien séide.

Il était temps que l'artefact appartienne à un être qui en ferait meilleur usage.

Hobarth s'en emparerait, l'utiliserait à bon escient et Bhaal récupérerait l'âme de son serviteur disparu.

Une perspective des plus plaisantes...
Le dieu de la Mort veilla à ce que tout se déroule comme prévu. Il lui suffirait de rendre définitivement fou l'ancien druide, déjà rongé par le cœur démoniaque qu'il serrait sur son sein à longueur de journée.
Et dont les battements surnaturels augmentaient sans cesse.

CHAPITRE IV

CAER ALLISYNN

Son altesse, le Haut Roi Reginald Carrathal, souverain de Callidyrr et monarque des Sélénæ, avait un problème des plus agaçants : un bouton sur une joue.

Avec une moue boudeuse, il se détourna du miroir.

Comme toujours, Cyndre le rassura de sa voix onctueuse. Sa cape noire ouverte dévoilait une tunique filée d'or. Son capuchon rabattu sur les épaules laissait flotter ses mèches blondes bouclées, révélant un minois avenant de chérubin.

Cyndre tapota l'épaule de Reginald.

— Quelles nouvelles m'apportez-vous ?

— Je crains, Votre Majesté, qu'elles ne soient pas de votre goût. Croyez bien que...

— Au fait, au fait !

— Eh bien... L'usurpateur serait en route pour Caer Callidyrr.

— *Quoi ?* Mais vous m'aviez promis...

— N'ayez crainte, altesse. Il n'échappera pas toujours à notre main vengeresse.

— Mais que devrais-je faire ? Dites-moi !

— Mes... sources m'informent qu'il fera escale à Alaron. L'arrêter, purement et simplement, serait une solution. Il vous suffit, sire, de le déclarer hors la loi.

— Bien sûr ! Ne prétend-il pas s'emparer de mon trône ? Je le ferai pendre haut et court, ce misérable !

— Fort bien, majesté. Il faut poster un détachement dans chaque port et l'appréhender dès qu'il mettra un pied à terre.

— Mais comment être certain qu'on m'obéira ? Ce prince est très populaire, m'assure-t-on. Mes hommes me seront-ils loyaux ?

— N'est-ce pas précisément pour cette raison que vous gardez des brigades spéciales, tout entières dévouées à Votre Altesse ? La Garde Ecarlate vous obéira, soyez-en sûr.

Le roi considéra la suggestion.

— Ces ogres rendent mes sujets nerveux...

A dire vrai, lui-même était mal à l'aise en leur présence. Depuis deux ans, il payait leurs gages sans les avoir jamais employés.

Les envoyer contre un de ses princes le dérangeait. Ses sujets voyaient d'un mauvais œil ces troupes étrangères, alors que les guerriers issus du Ppeuple étaient célèbres pour leur vaillance. Pourquoi avait-il laissé ce sorcier le convaincre d'engager des mercenaires ?

— Laisserez-vous vos sujets vous dicter votre conduite, majesté ? Je vous le répète, la Garde Ecarlate vous est tout entière acquise. Jamais elle ne trahira votre confiance.

— Mes féaux supposés n'agissent pas comme tels ! Tous complotent dans mon dos. Comme ce bandit d'O'Roarke, à Dernall. Puisse sa disgrâce dissuader tous les rebelles en herbe !

— Vous tenez sa sœur captive, sire. Pourquoi ne pas faire d'elle un exemple salutaire ?

Carrathal se détourna. Il avait annexé les terres du seigneur O'Roarke, et il n'aimait pas à se le voir rappeler. Quant à utiliser ainsi sa sœur...

— Si seulement O'Roarke se rendait à la raison et me prêtait enfin allégeance ! geignit-il. Ses hors-la-loi et lui verraient que j'ai à cœur les intérêts du royaume !

— Ne sous-estimez pas la gravité du problème, sire. Pour l'heure, que décidez-vous ? Suivrez-vous ma suggestion ?

— Très bien, soupira Reginald. Je déclare hors la loi le prince de Corwell. La Garde Ecarlate l'arrêtera et me l'amènera, chargé de chaînes.

*
* *

Luttant contre l'inconscience, Tristan était le jouet des flots. Trouvant la surface de la mer démontée, il aspira goulûment de l'air. Puis il prit conscience d'une morsure à son bras. Les mâchoires le lâchèrent pour l'agripper au col et le tirer en arrière.

Son dos heurta du bois.

Tristan s'agrippa à une planche. Il se retrouva nez à nez avec Canthus.

— Merci, mon vieux ! Tu m'as presque démonté le bras, vieille fripouille ! Mais c'est reculer pour mieux sauter, je le crains... Daryth ! cria-t-il dans la tourmente.

Son fidèle ami avait dû se noyer, ainsi que Pontswain et Rodger. Comment croire qu'un homme tel que Daryth, si sûr de lui, si énergique sous des dehors flegmatiques, ait pu disparaître ainsi...

Accablé, Tristan aurait presque lâché sa planche pour sombrer à son tour et en finir...

Plus morts que vifs, le jeune homme et son chien se cramponnèrent toute la nuit au morceau de bois.

La sorcellerie avait détruit le *Caneton Verni*, c'était indiscutable. Mais comment ? Et qui ? La colère aida le prince désemparé à repousser l'abattement.

Il se vengerait !

Insensiblement, la tempête retomba. Un gris crayeux, à l'horizon, annonça une aube maussade. La visibilité restait réduite. Soudain, il crut entendre un appel.

— Tristan !

Il ne rêvait pas ! Plissant les yeux, il aperçut...

— Daryth !

Chevauchant une grosse outre emplie d'air, et pagayant à l'aide d'un bout de bois, le Calishite luttait pour le rejoindre, Pontswain derrière lui.

— Es-tu blessé ? cria Daryth.

— Je ne crois pas... Et toi ?

— Trempé jusqu'aux os !

Il trouva la force de sourire. Encore sous le choc, Pontswain avait l'air absent.

— A qui le dis-tu..., grommela Tristan. Et j'ai perdu l'épée de Cymrych Hugh... La déesse seule sait quelle terre est la plus proche — et si nous l'atteindrons.

— En tout cas, ça s'est calmé ; le jour se lève. Nous pourrions apercevoir bientôt une voilure...

Pontswain voua aux gémonies le capitaine responsable, selon lui, de tous leurs maux.

Le ciel étant dégagé, la mer s'étendait à perte de vue.

— Qu'est-ce que... ? souffla soudain Daryth. Entendez-vous ?

Venu des profondeurs, d'abord à peine perceptible, un sourd grondement monta... comme une vibration enflant constamment. Elle finit par déchirer leurs tympans.

A une centaine de mètres des naufragés, l'eau s'écarta devant... un parapet identique à celui d'une tour ! Telles de gigantesques lances, un deuxième et un troisième crevèrent la surface de la mer.

Suivirent une surface plane, rose sous le soleil matinal, des remparts, un portail et d'autres tours...

Les yeux exorbités, le trio contemplait le plus magnifique château qu'il eût jamais vu.

Ce monument élevé à une grandeur oubliée était

oint d'un étrange silence. Une chaleur spirituelle s'en dégageait, attirante et intimidante. Les rescapés n'avaient pas le choix : ils se hissèrent « à bord ».

*
**

— Voici le bois, belle dame !
L'homme posa son fagot aux pieds de Robyn.
— Merci, Akène, fit-elle, le regard fuyant.
Elle avait attribué à l'inconnu le nom du fruit du chêne. Après tout, il avait la plupart du temps un comportement enfantin. Tel le gland d'un chêne, elle voulait qu'il s'enracine et réalise son plein potentiel. Mais, sans qu'elle puisse s'expliquer pourquoi, elle restait sur la défensive.
— Très bien, ajouta-t-elle. Maintenant, si tu allais puiser de l'eau, nous pourrions nous reposer ensuite.
Avec un empressement embarrassant, il obéit. Au fil des jours, sa serviabilité avait grandi. Plus fort que la moyenne, il avait des talents utiles pour l'entretien du bosquet.
Et l'état de Genna s'était encore aggravé. Brûlante de fièvre, elle ne quittait plus le lit.
Newt était parti s'ébaubir ailleurs, revenant de temps à autre taquiner le vieil ours mal léché. Le faire enrager était devenu le sport favori du dragon facétieux.
Akène, lui, était amical et d'une reconnaissance pathétique chaque fois que Robyn le complimentait. Pourtant, le malaise de la jeune femme ne cessait d'empirer. Un instant, l'homme paraissait inoffensif ; la seconde suivante, il lui faisait peur.
Pourquoi ?
Il revint avec deux seaux d'eau ; comme chaque jour, Robyn lava les draps de sa tante, trempés de sueur, puis elle emmena son compagnon au bord de l'étang.

Force grenouilles et tortues s'y ébattaient. Majestueux, de grands cygnes glissaient sur l'eau.

Ce devait être le plus bel endroit au monde.

Un banc de sable permettait d'accéder à l'îlot, au centre de l'étang. Les deux humains s'assirent, les pieds dans l'eau. Robyn tendit une pomme à Akène, qui n'en fit qu'une bouchée. Son regard brillant dérangeait la jeune femme.

Malgré elle, elle songea à Tristan. Où était-il ? Que faisait-il ? Pensait-il seulement à elle ? Prise d'une terrible tristesse, elle fut sur le point de tout abandonner pour courir retrouver son aimé. Mais comment tourner le dos à la déesse ?

Mangeant machinalement, elle s'aperçut soudain de la proximité d'Akène. N'osant s'écarter pour ne pas le froisser, elle tourna la tête et croisa son regard... d'une intensité effrayante.

— Dame... M'aimes-tu ? Es-tu mon amie ?

— Mais oui, Akène... Naturellement. N'ai-je pas... ?

— Je veux dire... Dame, tu es *ma* dame !

L'agrippant par une cuisse, il la renversa et chercha avidement ses lèvres.

— Lâche-moi ! cria-t-elle.

— Tu es mienne !

Le regard fou, ignorant ses coups de poing, il la plaqua à terre et tira sur sa robe.

Galvanisée par la terreur, Robyn s'arracha à son étreinte ; dans un éclair de lucidité, elle retrouva un sort, aussi simple qu'efficace :

— *Assez !*

L'ordre magique avait la force d'un coup. Paralysé, l'homme parut retrouver ses esprits.

Robyn aurait voulu le frapper, le blesser... La pitié arrêta son bras. Tremblante, elle s'éloigna sans un regard en arrière.

Akène resta prisonnier de l'enchantement.

*
* *

— Du quartz rose..., murmura le Calishite.

Il s'était hissé sur le portail et avait abaissé le pont-levis pour permettre à ses compagnons de grimper à leur tour. Les remparts étaient bien du quartz.

— Est-ce un rêve ? souffla Pontswain, intimidé.

— Je l'ignore..., répondit Tristan.

— C'est féerique ! lança Daryth, le regard rivé sur les balconnades élégantes et les escaliers à encorbellement.

— Parmi les légendes qui bercèrent mon enfance, il m'en revient une, dit Pontswain. Il y était question d'une jeune reine, épouse de Cymrych Hugh. Elle s'appelait Allisynn. Le roi avait fait construire un magnifique château et il le lui avait offert comme cadeau de noces. Hélas, elle décéda peu après leur union. C'est pourquoi le héros mourut sans héritier. La fin prématurée de sa mie l'affecta tant qu'il décréta que le château serait sa dernière demeure. Il avait été érigé sur un îlot, entre Gwynneth et Alaron. Avec l'aide des druides de l'époque, Cymrych Hugh fit sombrer le funeste édifice au fond des mers. Ainsi, le mausolée de sa bien-aimée serait à jamais préservé des outrages.

— Les pierres de ce château semblent sacrées, reconnut Daryth. On dirait vraiment une... crypte.

— Comment en sais-tu si long, Pontswain ? demanda le prince, surpris.

— J'écoute les bardes.

— Fascinant. J'avais entendu parler d'un château au fond de la mer... rien de plus.

— En tout cas, nous voilà bien avancés ! pesta de nouveau Pontswain. Légende ou pas, le château coulera de nouveau... et nous avec !

— Trouvons de quoi construire un radeau de fortune, proposa Daryth, toujours pratique.

A l'autre bout de la cour, un escalier embrumé menait à un accès gardé par des portes immenses.

— Allons voir, suggéra le Calishite. Qui sait ce que nous trouverons ?

Les portes en chêne bardées de bronze ne paraissaient nullement avoir souffert de leur séjour prolongé au fond de l'eau.

Soudain, un tourbillon vert jaillit d'une colonnade.

— Attention ! cria Tristan, sautant en arrière.

Daryth bondit hors de la trajectoire... L'agresseur était un humanoïde couvert d'écailles vertes. Le cou mangé par des branchies béantes comme des plaies, il avait le dos hérissé d'une crête courant de sa nuque au creux de ses reins. Sa gueule était garnie de rangées de dents aiguisées. De ses mains palmées, il cherchait à agripper le Calishite. Pour tout vêtement, il portait une ceinture et des bracelets d'argent. Sans doute déconcerté d'être soudain à l'air libre, il serrait maladroitement un harpon.

Un deuxième monstre surgit... et fut aussitôt renversé par Canthus, qui chercha à lui enfoncer ses crocs dans la gorge. Tous deux roulèrent sur les pavés.

Le premier agresseur menaça Tristan de son trident. Pontswain voulut s'interposer : frappé à la tempe, il s'écroula.

Avec ses yeux globuleux et sa gueule allongée, la créature rappelait un poisson.

Daryth et Tristan en eurent raison à l'instant où Canthus achevait son adversaire.

Le prince s'agenouilla près de son rival. Une contusion pourpre courait de son front à sa joue.

— Que s'est-il passé ? demanda Daryth.

— Il a pris un coup qui m'était destiné. Il semble que je l'aie sous-estimé.

— Ou qu'il n'a pas réfléchi avant d'agir...

— Quelle sorte de monstres était-ce ?

— Je n'en avais jamais vu, mais j'ai entendu parler

d'êtres aquatiques appelés les sahuagins. Parfois, ils sortent de l'eau pour piller des bateaux ou des hameaux côtiers. Ils sont sanguinaires.

— Je ne dirais pas le contraire...

— Au moins, nous voilà armés, conclut Daryth, prenant en main le trident.

Les deux amis portèrent le seigneur évanoui à l'écart, dans une alcôve. Pour l'instant, ils ne pouvaient rien de plus.

Puis ils retournèrent devant la porte. A leur surprise, elle s'ouvrit d'une simple poussée, dévoilant un hall.

Et ce fut la chute.

Daryth, Tristan et Canthus tombèrent dans un boyau. L'ouverture des battants avait dû actionner la chausse-trappe.

Ils se reçurent brutalement dans de l'eau froide.

— Bon sang ! jura le Calishite dès qu'il ressurgit. C'était gros comme une maison ! Et on est tombés dans le panneau !

— Il faut sortir de là. De toute façon, je suis aussi coupable que toi, puisque je ne me suis douté de rien.

Les parois lisses n'offraient aucune prise.

— Nous voilà *frais* ! pesta Daryth.

*
* *

Loin des Géhennes existait une aire de repos et de régénération, où la déesse se ressourçait. A l'instar de Bhaal, elle comptait maints adorateurs dans les Royaumes Oubliés, ainsi que dans bien d'autres plans.

Chauntea, déesse de l'agriculture et de la croissance, était la patronne de tout ce qui était sain et accompli.

Sous son égide bienveillante, les terres prospéraient aux mains d'un clergé dévoué.

Ailleurs, où elle n'était ni universellement connue ni

toute-puissante, Chauntea envoyait des émissaires propager sa foi.
Les Sélénæ étaient une des destinations.

CHAPITRE V

LA REINE MORTE

L'eau glaçait Tristan jusqu'aux os. Si un miracle ne les tirait pas vite de ce traquenard, ils expireraient bientôt.

De chiches rayons de soleil pénétraient au fond du boyau. Pour la vingtième fois, Daryth inspira à fond et plongea. Au bout d'un laps de temps impressionnant, il reparut et fit la planche, le temps de reprendre son souffle.

— Chou blanc, hoqueta-t-il. Il y a du roc sous nos pieds.

— Economise tes forces...

Canthus nageait en rond. A l'évidence, il ne tiendrait plus très longtemps.

— Essaie de trouver une prise sur les parois, dit Daryth au prince, et reprends des forces.

Tristan suivit le conseil et dénicha de petites protubérances. Au moins garderait-il la tête hors de l'eau sans battre constamment des pieds et des mains.

Soudain, il sentit un tourbillon et il s'écarta vivement.

— Il y a un trou là-dessous, Daryth !

Nageant comme une otarie, le Calishite plongea aussitôt... et reparut une minute plus tard.

— C'est un dégorgeoir ! Je l'ai agrandi, nous pourrons bientôt nous y faufiler !

Se glissant entre les deux hommes, Canthus parut sentir leur tout nouvel espoir.

— Où ce dégorgeoir mène-t-il ? s'inquiéta le prince. Il pourrait nous rejeter sous la mer !

— En ce cas, nous périrons noyés et nul n'éclaircira le mystère de notre disparition.

Après une seconde plongée, le trou assez agrandi, les amis s'y risquèrent. Le sort en était jeté ! Tristan et Canthus passèrent les premiers. Le prince fut surpris par la largeur du passage : la pierre saturée d'eau avait dû être considérablement érodée pour que son ami déblaie ainsi à coups de pied.

Emporté par le courant, Tristan bascula dans un tuyau. Il réussit à freiner sa chute et à rattraper le molosse. Derrière, Daryth était parvenu à garder le trident.

Au-dessus d'eux, une lumière filtrait par un jour.

— Je parie que ça mène au château, dit le prince.

— Sûrement. Et l'eau qui coule par la chausse-trappe n'est pas la cause de ce courant. Regarde !

Plus bas, dans les profondeurs souterraines, ils aperçurent une colonne de sahuagins ! Par bonheur, la lumière tombait sur ceux-ci, tandis que les rescapés restaient dans l'ombre. Des gardes scrutèrent le boyau où Daryth et le prince se recroquevillaient, puis passèrent leur chemin.

Les deux amis sortirent de leur cachette et entreprirent l'escalade.

Etant de loin le meilleur grimpeur, Daryth laissa Tristan s'engager le premier, prêt à le rattraper s'il glissait.

Après quelques minutes, les genoux et les doigts écorchés, il atteignit le sommet et se hissa... dans un corridor ! Des portes de fer s'alignaient sous l'éclairage d'étroites fenêtres.

Daryth et Canthus le rejoignirent. Puis tous trois remontèrent le couloir à pas de loup. Ils poussèrent sans peine une porte qui donnait sur une pièce baignée de soleil. Sans doute une salle de bal...

— Si nous allions revoir Pontswain ? suggéra Daryth.

Tristan haussa les épaules.

— Il ne risque pas plus que nous...

Soudain, un grondement sourd monta du sol. Le château allait-il sombrer de nouveau ?

— Ne restons pas là ! s'écria le prince.

— Je n'ai rien vu qui puisse servir de barque ou de radeau...

Les compagnons firent le tour de la salle d'apparat, restée intacte après sa longue immersion. Tristan approcha d'un corridor exigu.

— Il y a un escalier par ici, lança Daryth à mi-voix. As-tu trouvé quelque chose ?

— Pas encore...

Presque malgré lui, le fils de Kendrick s'engagea dans le corridor, certain d'être dans la bonne direction. Passant sous une arche, il prit un autre couloir, Canthus sur les talons. Au bout l'attendait une pièce éclatante de lumière. La voûte ronde était incrustée d'or ; les frises murales, incroyablement complexes, décrivaient des scènes champêtres et pastorales. Après des siècles sous l'eau, les détails restaient visibles et nets !

Au centre trônait un sarcophage de verre. Des coussins pourpres en masquaient l'intérieur.

Oubliant toute prudence, comme hypnotisé, Tristan avança...

... Et faillit crier de chagrin.

Dans le sarcophage dormait une frêle jeune femme aux traits finement ciselés, belle à ravir. Sa robe était cousue d'or.

Si belle... et morte depuis si longtemps.
Alors, elle bougea.

*
* *

Mû par un sombre pressentiment, Daryth montait un escalier. Il ne voyait nulle part de quoi faire un radeau. Il fut arrêté par une balustrade et prit sur la droite au pas de course, jetant au passage un coup d'œil aux pièces entrouvertes. Tout était en ruines. L'eau avait rongé les portes et tout érodé. Surprenant un mouvement du coin de l'œil, il se plaqua contre un mur, trident au poing.

Bien lui en prit : un sahuagin sortit d'une pièce, cherchant l'intrus de ses yeux globuleux. Daryth l'égorgea puis reprit sa course... et pila devant une porte en chêne. Son instinct ne l'avait pas trompé. Une serrure d'argent semblait implorer qu'on la crochète...

S'assurant qu'il était seul, Daryth sortit un rossignol de sa ceinture, et, oreille collée contre le bois, entra en action. Au bout d'une minute, un petit « clic » le récompensa de ses efforts.

Ce qu'il découvrit le laissa sans voix.

Jamais il n'avait vu de tels trésors — et préservés de la mer qui plus est !

Des lanternes de cristal, de la vaisselle d'or et d'argent, des candélabres sertis d'éclats précieux, des couronnes plus chargées de gemmes qu'aucune autre au monde, des piles de pièces d'or, du cuir, du cristal, des lingots de métal étincelants...

Et son propre cimeterre !

Daryth se frotta les yeux : il n'avait pas la berlue !

A côté, ce devait être l'arme de Pontswain... mais nulle trace de celle de Tristan.

Poussant du pied une pile d'argenterie, il découvrit des gants taillés sur mesure pour lui. Obéissant à une impulsion, il les enfila... et ils adoptèrent la couleur de sa peau, devenant indétectables. Même le bout des doigts était muni d'ongles artificiels !

Il ramassa deux outres de cuir, susceptibles de servir de bouée, et il quitta la salle au trésor.

*
* *

Hébété, Tristan vit la morte se redresser... La reine ouvrit des yeux marron doré brillants d'amour.

Au sourire qu'elle lui fit, le jeune homme sentit ses jambes se dérober. A genoux, il baissa les yeux avec respect.

— Ma dame...

Intriguée, elle l'étudia avant de lui tendre une main diaphane.

— Mon époux... es-tu revenu ? (Elle s'arrêta, puis reprit d'une voix plus assurée :) Relevez-vous, mon prince... Ceci vous appartient, je crois.

Eberlué, il la vit lever l'épée de Cymrych Hugh. Comment l'arme, perdue dans le naufrage, avait-elle pu se retrouver entre les mains de la reine morte ?

Avec révérence, il l'accepta et ploya de nouveau le genou.

— Vous êtes la reine Allisynn... pour ce prodige, je suis votre éternel obligé ! Jusqu'à mon dernier souffle, mon bras restera à votre service ! Commandez et j'obéirai.

— Hélas, aucun champion ne peut plus rien pour moi, chevalier... Cette tombe... est l'unique protection qu'il me reste.

Son soupir faillit briser le cœur de Tristan.

— Mais vous aurez très bientôt besoin de cette épée, reprit-elle. Voilà pourquoi je vous la restitue. Vous l'aviez perdue, n'est-ce pas ?

— Perdue à jamais, pensais-je.

— Ne dites pas cela, de grâce. Vous ignorez ce qu'est l'éternité ! Mais je ne dois pas vous retenir... Sachez que votre destin est tout tracé, prince Tristan Kendrick de Corwell. Comme du temps de mon époux, les royaumes du Ppeuple s'uniront à nouveau. Découvrez qui sera le prochain Haut Roi des Sélénæ. Et que l'épée de mon bien-aimé lui revienne, comme de droit !

Qu'un souverain fort et résolu rallie enfin tous les cœurs sous une seule et même bannière ! La perspective était euphorisante.

Tristan releva la tête pour soutenir le beau regard de la reine.

— J'y consacrerai toute ma vie s'il le faut. Mais comment reconnaîtrai-je notre nouveau souverain ?

— Ton cœur te soufflera la réponse, noble chevalier. Ainsi que ces mots : « *Son nom sera Cymrych et cette épée sera la sienne. Son destin lui fera parcourir le monde, survoler la terre et explorer ses profondeurs... Vent et feu, terre et mer, tout luttera à son côté quand viendra pour lui l'heure de coiffer la couronne.* »

La reine morte reprit sa position de gisante et referma les yeux... pour une nouvelle éternité.

*
* *

Réunie au cœur de la cité, la Garde Ecarlate offrait un spectacle horrible mais fascinant.

Coiffées de heaumes surmontés de plumes pourpres, les quatre brigades se réunirent sous les tours. Les armes scintillaient au soleil.

Féroces et implacables, les mercenaires humains qui composaient trois des brigades écumaient souvent la Côte des Epées. Aucun crime n'était trop vil pour eux.

La quatrième brigade les dépassait en puissance et

en exactions. Partout où elle accomplissait ses sinistres exploits, sa réputation la précédait.

En haut des remparts de Caer Callidyrr, se tenait le roi Carrathal, son conseiller, Cyndre, debout près de lui.

— Quelle splendeur ! s'ébaubit le jeune homme. Mais... ils ne sont pas tous là, n'est-ce pas ?

— Les ogres ne devraient pas tarder, majesté.

Le sol trembla sous leur pas cadencé. Les badauds, dans les rues, s'étaient volatilisés comme par enchantement.

La brigade des ogres vint s'aligner à la place d'honneur. Ces soudards, qui avaient du mal à rester au garde-à-vous, mesuraient quelque huit pieds. Ils avaient le front fuyant, de petits yeux luisants de convoitise, le nez épaté et des canines protubérantes. Venus des quatre coins des Royaumes Oubliés, ces monstres ignoraient la peur et pouvaient mater n'importe quelle rébellion d'humains... Ils y prenaient grand plaisir, étant même *payés* pour assouvir leurs désirs sanguinaires !

Quel ogre s'en plaindrait ?

— Je n'avais pas réalisé qu'ils étaient si nombreux..., fit le roi d'une petite voix.

— C'est l'armée la plus redoutable des Sélénæ, altesse... à votre seul service. Vous pouvez d'ores et déjà préparer un cul-de-basse-fosse pour le prince de Corwell...

*
* *

— Genna, j'ai peur.

Recroquevillée sous un énorme édredon, alors qu'il faisait si chaud, la Haute Druidesse entendait-elle sa nièce ? Seule sa poitrine, qui se soulevait encore, attestait qu'elle n'avait pas expiré.

Akène resterait un bon moment sous l'emprise du sortilège. Néanmoins, Robyn s'était barricadée dans le chalet.

Genna ouvrit des yeux chassieux ; Robyn l'aida à s'adosser aux oreillers.

— Le mal est parmi nous ! souffla-t-elle avec peine. *Il* est le mal !

— Akène ? Mais... Oh, Genna, aide-moi, de grâce ! Que dois-je faire ?

Le regard que la malade darda sur elle fit frissonner la jeune femme.

— Tu dois le tuer !

*
* *

Bhaal scrutait le cœur du démon avec satisfaction. Bientôt, tout se mettrait en place.

La druidesse et sa déesse à l'agonie étaient quantité négligeable.

L'extermination des druides, à Alaron, menée de main de maître par Hobarth, le prouvait assez. Ce dernier avait même convaincu le redoutable Cyndre de se joindre à la curée, que ce fût par la magie ou par le poignard. Les corps mutilés avaient servi à souiller les Sources de Lune...

Les suivants sur la liste noire de Bhaal étaient à Gwynneth : les gardiens de la vallée du Loch Myr.

CHAPITRE VI

ALARON

Les aboiements de Canthus ramenèrent Tristan à lui. Sur des jambes flageolantes, il sortit du mausolée en titubant comme un ivrogne. Le sol de marbre vibrait. Tristan prit ses jambes à son cou et déboula dans le grand hall, puis dans la cour où le guettait Daryth.

Celui-ci avait retrouvé son cimeterre !

Le Calishite ouvrit des yeux aussi ronds que ceux de son ami en revoyant l'épée mythique.

Ils retrouvèrent Pontswain où ils l'avaient laissé. Il avait repris connaissance et se frottait le visage.

— Où étiez-vous passés ? bougonna-t-il. En voilà des façons de m'abandonner ainsi, après ce que j'ai...

— La ferme ! s'écria le prince avant d'ajouter, un brin contrit : Euh... merci pour tout à l'heure.

Surpris, Pontswain se releva sans rien ajouter.

Le château sombrait lentement. L'eau montait de tout côté.

— Grimpons les marches jusqu'au palier, proposa Daryth, c'est encore là que nous serons le moins entraînés par les courants. Ensuite, laissons-nous flotter avant de nager. Prenez chacun une outre de cuir... et espérons qu'elles feront de bonnes bouées !

— La mienne est percée ! fit Tristan d'une petite voix.

— C'est bien ce que je pensais... Mais elles sont magiques. Continuez de souffler !

Sceptiques, les deux prétendants au trône obéirent. Et les outres se gonflèrent. L'ingénieux Calishite en noua ensuite les extrémités ensemble. Ils étaient parés !

Les trois hommes se cramponnèrent à mesure que les vagues grandissaient...

Le château immergé, ils restèrent seuls entre ciel et mer.

Et toujours aucune voile en vue.

— Nous voilà revenus à notre point de départ, lâcha Daryth, désabusé.

— Pas tout à fait ! corrigea Tristan. J'ai récupéré ma précieuse épée !

Il brûlait de parler de la reine morte. La mine sombre de Pontswain le dissuada. Plus tard... Quand Daryth et lui seraient seuls.

*
* *

— Maître, nous devons nous entretenir d'un problème.

— Cela ne peut-il attendre, Kryphon ? Je suis las. Sa majesté était pleine d'énergie aujourd'hui.

Cyndre se détourna du miroir magique où brillait un décor sous-marin : une cité opaline qui s'estompa.

— Cela pourrait avoir des retombées gravissimes, maître, insista Kryphon. Alexei s'est montré déloyal.

— Toi, tu condamnerais un frère sorcier ? Tu m'en vois surpris.

— Mais l'accusation est fondée ! Il a voulu convaincre Doric que vous étiez manipulé par le prêtre. Par bonheur, elle m'a aussitôt fait part de sa tentative. Je n'ai pas tardé à venir vous en informer...

— En es-tu sûr ? Doric dit-elle la vérité ?

Kryphon hocha vigoureusement la tête.

— J'ai lancé sur elle un sort de détection de mensonge. Elle aurait continué à m'ouvrir son cœur toute la nuit si je ne l'avais pas endormie...

— Tu as bien fait. Je crains qu'Alexei ne soit perdu pour nous. Nous veillerons à ce que sa... défection n'ait pas de conséquences fâcheuses.

— Razfallow... ?

— Non. Laissons à notre cher Alexei assez de corde pour se pendre. D'autant qu'il n'est guère porté à l'action. Inutile de s'alarmer. Quand le prêtre reviendra de Gwynneth, il trouvera Alexei prêt à être sacrifié à Bhaal.

*
* *

Hésitante, Robyn revint sur ses pas. Comment tuer un homme, quand on était une druidesse ? C'était inconcevable ! Inconciliable avec sa foi... Ou s'agissait-il d'une épreuve ?

— Peu me chaut ! s'écria la jeune femme. Je ne le ferai pas !

Mais laisser Akène en liberté était également exclu. La folie brillant au fond de ses yeux et ses mains crochues comme des serres restaient gravées dans sa mémoire.

Elle se décida à le chasser du bosquet sacré, avec ordre de ne jamais y remettre les pieds. Tant pis pour les consignes de sa tutrice. Malveillant ou pas, Akène n'était pas entièrement responsable de ses actes.

Passant près des bosquets qu'elle s'était échinée à débroussailler, Robyn retrouva l'épais bâton dont elle s'était servie et le ramassa.

Comme elle aurait voulu avoir Tristan près d'elle !

Au bord de l'étang, il n'y avait plus personne...

Son malaise se mua en inquiétude. Par où aurait-il

pu fuir ? La rivière constituait la limite sud du bosquet sacré.

Soudain, Akène surgit des buissons, l'air dément, et fit mine d'agresser de nouveau sa bienfaitrice.

Puis il s'immobilisa et hurla de rire, avant de la fixer de son regard terrifiant.

Il bafouilla ce qui ressemblait à des incantations.

Comment pouvait-il lancer des sorts ? Et que marmonnait-il ?

De la magie druidique !

Un essaim de guêpes s'abattit sur elle. S'empêchant de crier, elle se jeta dans la rivière et nagea sous l'eau un long moment.

Quand elle refit surface, débarrassée des insectes, sa peau la brûlait.

D'un sort de protection, elle écarta les guêpes les plus tenaces. Hilare, Akène se tenait les côtes. Robyn se traîna sur la berge.

La racine qu'elle agrippa pour se hisser au sec se tordit entre ses doigts... Robyn s'éloigna à temps des crocs d'un serpent ensorcelé !

D'autres rampèrent sous ses yeux affolés. Sortant du gui de sa ceinture, la jeune femme le fripa avec un murmure. Elle devint invisible pour tout animal.

Mais pas pour Akène. De rage, il se jeta sur elle. Robyn leva son bâton et frappa de toutes ses forces...

La nuque brisée, il s'écroula.

Tremblante comme une feuille, la druidesse s'effondra. Toute vie quitta le regard du dément.

Le pouvoir de la déesse afflua dans le corps de la jeune femme. Calmée, elle approcha pour s'assurer qu'Akène avait rendu l'âme... et remarqua de nouveau le précieux sachet.

À le soupeser, il devait contenir une lourde pierre ! Elle l'ouvrit : un caillou noir en tomba. On aurait dit un cœur grossièrement taillé dans du charbon. Une chaleur anormale s'en dégageait.

Fascinée, elle avança la main, toucha l'objet...

... Et le monde explosa.

*
* *

Mort d'ennui, Newt vagabondait avec l'espoir de surprendre un événement présentant le plus petit intérêt. Avec la chaleur étouffante, la léthargie s'ajoutait à son désœuvrement.

Pour finir, il attendit au bord d'un étang... Les points d'eau attiraient beaucoup de créatures.

Un bébé faon fit bientôt les frais de ses tours pendables. Le monstre à fourrure pourpre qui jaillit là où l'inoffensif cervidé se désaltérait le fit fuir à toute vitesse.

Newt rit tant qu'il faillit en tomber de son perchoir. Il fallait qu'il rapporte ça à Robyn ! Bien sûr, la druidesse, trop sérieuse, ne manquerait pas de le réprimander, mais au fond... elle serait aussi amusée ! De toute manière, il devait en parler à quelqu'un.

Filant comme une flèche, le dragon-fée traversa la forêt jusqu'au bosquet de Genna. A l'abord de la rivière, il ralentit. Quelque chose clochait...

La vue de deux corps l'alerta : l'homme était mort. Robyn semblait évanouie.

Que faire ? Le regard affolé de Newt tomba sur une étrange pierre noire. Son instinct l'avertit... Cette chose répugnante était sûrement la cause du malaise de son amie.

Il agrippa la pierre, s'envola avec la grâce d'un condor et alla la jeter à une ou deux lieues de là.

Puis il retourna vers l'humaine. A son grand soulagement, Robyn revenait à elle.

*
* *

— Une voile, Tristan, une voile !

Tiré en sursaut de son assoupissement, le prince écarquilla les yeux.

— Bon sang... Tu as raison ! Elle vient vers nous !
— On dirait que nous allons nous en tirer, sourit Daryth.

L'embarcation se rapprochait avec une lenteur désespérante. Enfin, une femme d'une quarantaine d'années, la peau tannée par la vie au grand air, se pencha par-dessus bord :

— Mais qu'avons-nous là ? Trois rats pelés !

Tristan en resta bouche bée. Un sourire malicieux mangeait le visage de l'inconnue, coiffée d'un invraisemblable chapeau chargé de grappes de raisin, de pommes et de fleurs.

— Qu'attendez-vous pour grimper à bord, mes agneaux ? Une invitation écrite ?

Elle eut la bonne idée de leur lancer un grappin. Se hissant à bord, Tristan vit qu'il s'agissait d'une barque d'environ vingt-cinq pieds de longueur, dotée d'une ligne de flottaison basse.

Occupée à carguer la voile, son capitaine avait un luth en bandoulière.

— Mon nom est Tavish !

Plantureuse, la femme ne manquait pas de charme. Et comment résister à sa bonne humeur, si contagieuse ?

Avisant l'épée de Tristan, elle devint songeuse.

— A en juger par votre arme, je suppose que vous êtes le prince de Corwell.

*
**

Insensible à la beauté majestueuse de la nature, Hobarth traversait la vallée du Loch Myr, à la recherche d'une jeune druidesse.

Dans la forêt, il capta une aura maléfique des plus

agréables. Quitte à se détourner un instant de son but, il lui fut impossible de l'ignorer.

Repoussant les ronces et les arbustes, il découvrit un cœur noir au pied d'un chêne mort. Son contact était lisse et chaud. Amusé, le prêtre l'empocha et poursuivit sa route.

Indifférent à la nature, il ne remarqua pas que toute vie végétale s'était étiolée dans un rayon de quinze pieds autour de sa trouvaille.

Une heure plus tard, il fit halte devant une rivière. Il touchait au but.

Il voulut traverser... et rebondit contre une barrière invisible !

Echaudé, il étudia l'obstacle, plus solide que du fer. Pourtant, il n'arrêtait nullement les oiseaux.

Par magie, il s'éleva à son tour dans les airs... et se heurta au même champ de protection ! Il n'osa pas dépasser la cime des arbres, de peur d'être repéré.

Frustré, Hobart retomba sur le sol et fit le tour de l'obstacle à la recherche d'une faille. Quelle peste ! Une manifestation de la puissance divine aurait eu raison de ce contretemps fâcheux. Mais ça risquait trop d'attirer l'attention...

Des éclats de voix le firent plonger derrière un rocher. Enfin, il vit sa proie.

La druidesse s'aspergeait d'eau fraîche. Un des petits dragons communs aux Sélénæ voletait près d'elle avec la sollicitude d'une vieille nourrice gâteuse.

Comment l'atteindre ? Inutile de compter sur des charmes de séduction, alors que la druidesse se trouvait sur son propre territoire... Elle percerait vite à jour toute tentative d'hypnose. Quant à la tuer, purement et simplement, et faire léviter son cadavre ensuite, c'était hors de question. La victime sacrificielle devait parvenir intacte devant l'autel de Bhaal.

Cette fois, Hobarth devait faire preuve de subtilité.

Il caressa distraitement la pierre maléfique, au fond de sa poche, et une idée germa dans son cerveau fertile.

Invoquant sa divinité, Hobarth ranima l'inconnu qui gisait derrière Robyn...

*
* *

— Alors vous voulez visiter la ville ? s'esclaffa Tavish.

— Oui, soutint Tristan, s'en tenant à une histoire inventée de toutes pièces. Je n'ai jamais vu Alaron, ni Caer Callidyrr... Je veux contempler de mes yeux le palais le plus magnifique des Sélénæ.

Tavish eut soudain l'air triste.

— Magnifique, il l'est... Mais les forêts sauvages et les hauts plateaux le sont tout autant. A côté des beautés naturelles, les splendeurs de Callidyrr pâlissent. Pour ma part, je préfère le naturel de Corwell.

— Sillonnez-vous beaucoup les mers des Sélénæ ? s'enquit Daryth.

— Mais oui ! Vous ai-je dit que j'étais barde ? (Tristan n'en fut pas surpris.) J'étais à Moray récemment... Ah, une triste histoire...

— Comment cela ?

— L'an passé, le roi et plusieurs de ses seigneurs ont été assassinés. L'identité des régicides reste un mystère. Et nul n'a remplacé le défunt monarque. Qui le voudrait en ces circonstances ?

— Moray a toujours été un pays sombre et stérile, dit Pontswain. De la toundra et des moutons à perte de vue...

Tristan prit un air horrifié.

— Il y a plus, annonça la femme d'un ton ferme. Quoi qu'il en soit, le mystère demeure et le doute mine tout le monde. La zizanie se propage de jour en jour. Quant à Basse Colline... la situation n'est guère plus réjouissante. Le roi a disparu lors d'une chasse et personne ne l'a revu. En l'absence d'héritier, son royaume va à vau-l'eau !

De plus en plus... édifiant.

Moray aussi était sous la houlette du Haut Roi. Comme à Corwell, son légitime souverain était tombé sous les coups de mystérieux assassins.

— Je retourne à Alaron, conclut Tavish. Quoique cela ne me procure plus grande joie...

— Pourquoi ?

Elle soupira.

— Le trouble y règne aussi. Le Haut Roi voit des rivaux partout ! Comment pareil anxieux a-t-il pu s'installer sur le trône ? Plus d'un noble seigneur a été jeté aux oubliettes sans autre forme de procès, ses terres confisquées.

Les compagnons se restaurèrent et reprirent des forces tout en digérant ces nouvelles inquiétantes.

— Terre ! s'écria Daryth.

— Voilà Alaron, les gars ! Cette nuit, nous serons au port !

— Ce ne sera pas trop tôt ! soupira Tristan.

— Je vous recommande l'auberge du *Dauphin Plongeant* : nourriture et vins de qualité, musique de rêve ! Je m'y produirai, vous comprenez !

Les hommes rirent de bon cœur et lui promirent d'y faire étape.

Quand ils passèrent les brises-lames, Tristan eut son premier aperçu de la fameuse cité de Llewellyn, la plus étendue qu'il eût jamais vue. En pierre comme en bois, les murs étaient tous peints en blanc ! Selon Tavish, l'agglomération comptait environ cinq mille âmes.

Sautant sur le quai, Tristan adopta un air blasé, mais tout lui paraissait nouveau.

Des boutiques se dressaient près de là. Des fruits exotiques et de la cervoise tendaient les bras aux nouveaux venus, ainsi que des rôtisseries alléchantes et des étals d'armes et de cristallerie.

Tavish leur désigna son auberge, promettant de les rejoindre au plus vite.

Ebahis, les compagnons la virent réduire son bateau à la taille d'une planche, puis d'une boîte à chaussures.

— Notre dame nous réserve bien des surprises..., fit Daryth, songeur. Il me tarde déjà de la revoir.

— Descendons dans cette fameuse auberge, qu'on ait enfin à boire ! dit le prince. J'ai le gosier sec !

— Quelle surprise..., lâcha Pontswain, sarcastique. Enfin... Un bon repas chaud serait le bienvenu aussi.

Les rues étaient plus fréquentées qu'à Corwell... et les passants nettement plus maussades.

Au *Dauphin Plongeant*, un colosse barbu barra l'entrée au trio :

— Pas de chiens !

Daryth battit Tristan de vitesse :

— Il restera là. Couché, Canthus !

Le molosse s'allongea à l'ombre, le museau posé sur ses pattes avant croisées.

Le cerbère s'écarta ; dès qu'ils furent à l'intérieur, Tristan fit des reproches à Daryth.

— C'est la coutume dans beaucoup d'endroits, mon prince, expliqua le Calishite. Corwell est le seul pays que je connaisse où les chiens sont aussi bien traités que les gens !

Tristan avait encore failli se couvrir de ridicule à cause de sa naïveté.

Quel roi il ferait !

*
* *

Les Sept délibéraient.

— L'assassin sera bientôt de retour, prêt à repartir pour de nouvelles missions, annonça le maître. Une fois éliminés les derniers héros du Ppeuple, nous pourrons consacrer nos énergies à des tâches plus productives, comme de soumettre les autres contrées à notre... souverain.

Les yeux plissés, Alexei écoutait Cyndre, la rage au cœur. Le maître gardait tous les pouvoirs pour lui, accordant à contrecœur quelques miettes à ses séides... Comme ce vermisseau de Kryphon !

Une fois ces misérables renvoyés au néant, songea Alexei, Doric serait de nouveau sienne. L'imaginer avec Kryphon attisait en lui les flammes de la jalousie.

Talraw, Wertam et Kerianow, eux, étaient la cinquième roue du carrosse.

Alexei ne rêvait plus que vengeance.

— Alexei ?

La voix doucereuse le ramena au présent.

— Maître ?

— Tu as remis en doute la mission du prêtre, le bien-fondé de mes jugements... Pourquoi ? Douterais-tu aussi de moi ?

Noyé dans le bleu arctique du regard rivé sur lui, Alexei blêmit. Il en perdit la voix.

— Peux-tu me donner des gages de loyauté et d'engagement personnel ?

Il sait !

Alexei était perdu.

Damné s'il parlait, damné s'il se taisait...

— Très bien, fit Cyndre comme à regret.

De ses doigts tendus jaillirent des éclairs.

Alexei se dématérialisa.

*
* *

Chauntea entendit le défi de Bhaal et comprit où il voulait en venir.

En regard des autres zones d'influence de Chauntea, les Sélénæ étaient un modeste royaume. Cela valait-il un conflit ?

Les Sélénæ ne manquaient pas de potentiel. Fort et attaché à ses croyances, le Ppeuple ne méritait pas de tomber sous la coupe de Bhaal.

De plus, si le dieu honni ne rencontrait aucune résistance, son arrogance et ses prétentions n'auraient plus de limites. De toutes les divinités bienveillantes susceptibles de s'opposer à Bhaal, seule Chauntea possédait quelque pouvoir aux Sélénæ. N'était-il pas logique de relever le défi ?

Ses prêtres ne manquaient pas de ressources face aux brutes sanguinaires de Bhaal.

A son tour, Chauntea envoya des rêves prophétiques à ses élus.

CHAPITRE VII

LA GARDE ÉCARLATE

Affaiblie mais déjà rassérénée, Robyn s'étira. Pourquoi Akène s'était-il transformé ? Pourquoi l'avait-il obligée à le tuer pour se défendre ?

Et... d'où tenait-il sa magie druidique ?

— Qu'as-tu fait de la pierre noire ? demanda Robyn au dragon.

— Oh, cet horrible caillou ! Je l'ai emporté. Ne sois pas fâchée, je voulais t'aider...

— Rassure-toi, tu as bien fait... Pauvre Newt. Tu te fais trop de souci !

— En tout cas, je suis heureux de te voir rétablie. Et débarrassée de l'autre affreux ! Heureusement que... *Iîîîck !*

Robyn pivota... et n'en crut pas ses yeux.

L'étranger était *mort* : elle venait de s'en assurer !

Alors quel monstre se traînait ainsi vers elle ? La tête inclinée, une langue noire pendante, les yeux vitreux, le mort-vivant tendait de nouveau des doigts avides vers la jeune femme, trop anéantie pour trouver encore la force de hurler d'horreur.

— *Cours !* cria Newt.

Ses cris finirent par briser la transe de la druidesse.

L'instinct de survie donna des ailes à Robyn. Elle courut le long de la berge, jetant des coups d'œil affolés par-dessus son épaule.

Comment vaincre un *mort* ? Certes, le zombie se déplaçait avec lenteur. Mais, à la réflexion, il avait tout son temps...

Se tordant les pattes d'angoisse, Newt lança un sort.

Des flammes multicolores jaillirent, couvrant la gamme de l'écarlate au pourpre le plus sombre. Le cadavre hésita. Puis il traversa le rideau de feu.

Robyn prit à sa ceinture une feuille de gui, qu'elle laissa dériver au gré de la brise tandis qu'elle lançait un de ses sorts les plus formidables.

Sous les pieds d'Akène, des plantes jaillirent pour s'enrouler autour de ses jambes. Mais au contact de la créature d'outre-tombe, elles se flétrirent.

Robyn se heurta à une branche basse... et retomba, assommée. Dans un brouillard, elle vit le mort-vivant approcher, inexorable. Newt se lança à sa tête. D'un revers de la main, le monstre l'envoya bouler au loin.

Robyn se prépara à vendre chèrement sa peau.

Soudain, Grognon jaillit du sous-bois et se jeta sur le monstre, tous crocs dehors. Il le secoua comme une poupée de chiffon. Puis il le déchiqueta, réduisant le corps déjà mort en bouillie.

Plus morte que vive, Robyn se releva et se pressa contre la fourrure chaude du plantigrade.

Le choc passé, restait la terreur.

Pour la première fois depuis de nombreuses années, Robyn éclata en sanglots.

*
* *

Non loin de là, Hobarth n'osait pas remuer.

Dépité par la défaite du zombie, il échafaudait déjà

d'autres plans, les yeux rivés sur la druidesse. Le cœur maléfique qu'il caressait semblait palpiter d'aise.

En temps normal, le sort de nécromancie qu'il venait de jeter aurait dû s'effacer de sa mémoire. Mais à sa grande surprise, le cœur noir avait changé les règles : l'incantation restant vivace dans son esprit, il pouvait dès lors recruter autant de zombies qu'il lui en prendrait la fantaisie !

Mais pour ça, il lui fallait des cadavres... une armée de cadavres...

Sans être historien, Hobarth savait qu'un an plus tôt, une bataille épique s'était déroulée à un jour de marche de là.

Il partit en direction du sud.

Bhaal guiderait ses pas vers la colline de la Liberté.

*
* *

Rouvrant les yeux, Genna regardait sa nièce avec tendresse, avant de se lever enfin. Cherchant à oublier l'horreur, Robyn l'étreignit. Grognon veillait devant le chalet. L'âtre ronflant et les rideaux en dentelle, réconfortants de normalité, ne rassuraient pas la jeune femme.

— De quoi pouvait-il s'agir ? demanda Robyn.

— C'était un mort-vivant, ma chérie. Mais j'ignore comment il a pu pénétrer dans ce sanctuaire...

— Je me sentais si vulnérable... Tous mes sorts devenaient inutiles !

— Les pouvoirs druidiques sont ceux de la vie. Contre les nécromanciens, nous sommes sans défense. D'où que soit issue cette abomination, nous devons nous assurer qu'elle ne reviendra pas. Ou ce serait un désastre.

*
* *

Au *Vieux Marin*, bondé de matelots en goguette, les échauffourées et les larcins étaient monnaie courante. L'auberge, peu recommandable, se situait dans un quartier mal famé de Llewellyn.

Pawldo se félicitait d'y être descendu. L'anonymat était vital pour lui. Vidant une chope, il étudia les clients. Au centre de la salle, des Nordiques faisaient un bras de fer sous les encouragements de leur public.

Une femme plantureuse et avenante entra, un luth en bandoulière.

Apparemment familière des lieux, elle discuta avec les hommes du Nord puis ressortit.

D'une curiosité galopante, les petites gens ne perdaient jamais une occasion d'en savoir plus sur tout et sur n'importe quoi.

Pawldo sauta de son tabouret et s'approcha d'un des marins avec qui l'inconnue venait d'échanger quelques mots.

— Où pourrais-je écouter de la musique ? s'enquit-il.

— Hein ? Oh, des chants sont prévus ce soir au *Dauphin Plongeant*. Il semble que le prince de Corwell soit arrivé en ville, et... Oh !

L'épreuve de force venait de se conclure. Maugréant, l'homme qui avait perdu son pari compta trois pièces d'argent.

Quand il se retourna, le petit homme s'était volatilisé.

*
* *

Tandis que ses compagnons levaient leurs verres en souvenir de Rodger, Pontswain se régalait de viandes succulentes, rôties à point.

Il y avait foule à l'auberge ; d'accortes servantes circulaient entre les tables. De grosses poutres décoraient le plafond et une peau d'ours était tendue devant la cheminée.

Daryth montra à ses compagnons les gants qu'il avait découverts dans le château, leur expliquant comment, du même coup, il avait retrouvé leurs armes.

Un pichet dans chaque main, Tavish arriva. Daryth, galant, se leva pour lui offrir un siège.

— Alors ? Comment trouvez-vous l'auberge ? demanda-t-elle.

— Elle est bien remplie..., lâcha le prince.

— Et ce n'est pas fini, ajouta la femme avec un sourire mystérieux. Surtout par des nuits pareilles...

— Qu'y a-t-il de spécial ce soir ?

— La musique, pour commencer.

Elle refusa d'en dire plus.

Des joueurs de cornemuse entamèrent des mélodies enlevées ; Daryth et Tavish se joignirent aux danseurs.

Puis la salle réclama Tavish à grands cris. Ravie, elle enchaîna avec le célèbre *Chant de Keren*, presque *a cappella*. C'était impressionnant.

Tristan fut replongé dans les batailles de l'été précédent... Il revoyait Robyn, les cheveux volant dans le vent, au sommet de la plus haute tour du château... Seule contre une armée, elle lançait la foudre sur les Cavaliers de Sang.

La porte d'entrée s'ouvrit. Tous les yeux se tournèrent.

En cape rouge à galons d'or, un officier arrogant se tenait sur le seuil, épée pointée.

— Prince de Corwell, au nom du roi, je vous arrête pour haute trahison !

*
* *

Tristan, à Llewellyn !
Bouleversé, Pawldo se hâtait dans les rues.

Après un an de voyages d'affaires, le petit homme avait hâte de retrouver ses amis et de regagner ses pénates.

Sur les marches qui menaient à l'auberge, il entra en collision avec... un ogre !

— C'est fermé, grommela le monstre, le balayant comme un vulgaire moustique.

Hébété, le petit homme vit une douzaine d'autres ogres devant l'entrée.

Son regard tomba sur Canthus, couché dans un coin.

Le grand chien remua la queue sans bouger, l'air malheureux.

*
* *

Le prêtre de Chauntea dormait sur ses deux oreilles. La déesse lui envoya un rêve.

Une épée, sur les marches de la chapelle...

La lame d'argent était ternie et bosselée, son fourreau de cuir semblait pourri.

Le prêtre porta l'arme dans sa chapelle, soudain devenue une forge, saisit un marteau et entreprit de la remettre à neuf... alors qu'il ne connaissait rien au sujet.

Lentement, l'épée reprit forme entre ses mains agiles. La garde se recomposa comme par magie.

Brandie au soleil, la lame brilla de tous ses feux.

Le patriarche Trevor se dressa en sursaut sur sa couche. Euphorique, il courut embrasser le sol devant la statue de sa déesse.

Une vision !

Restait à en saisir le sens.

*
* *

La colère submergea tous ceux qui entouraient le prince — non contre lui, traître présumé, mais contre l'officier qui lançait de telles accusations. Grognant dans leurs barbes, beaucoup d'hommes portèrent la main sur leurs armes.

— Sale mercenaire ! cria un colosse. Comment oses-tu parler ainsi à un prince du Ppeuple !

Sur un signe de l'officier, une fenêtre vola en éclats... et un ogre pointa son arbalète. L'homme s'écroula, la poitrine trouée par un carreau. Les autres vitres furent brisées ; la salle se trouva envahie.

Tristan ne songeait qu'à fuir : un saut pour s'agripper aux poutres, puis disparaître dans les ombres en quelques bonds agiles et le tour serait joué...

Mais seuls les bras tendus de Pontswain l'empêchèrent de s'étaler quand il voulut se lever.

Ciel ! Il avait encore trop bu !

Le regard de son rival mortifia Tristan, pétri de honte.

A travers les brumes éthyliques, le fils de Kendrick eut une vision des plus claires : le massacre de braves gens, trop prompts à s'enflammer pour le défendre au mépris de toute prudence. Et il serait responsable...

Il se redressa.

— Ces allégations sont fausses ! cria-t-il d'une voix pâteuse. Je suis prêt à les réfuter devant le Haut Roi en personne !

La tension se dissipa. Les yeux brillants, le capitaine tendit la main vers le trio :

— Vos armes.

Un instant, Tristan regretta de se rendre pour éviter un bain de sang. Mais les arbalètes restaient pointées sur les innocents... A contrecœur, il défit sa ceinture et la remit à l'officier.

Le prince de Corwell se jura qu'il récupérerait coûte que coûte l'épée de Cymrych Hugh.

*
* *

Le cœur de Kazgoroth fournissait à Hobarth toute l'endurance nécessaire. Il avançait en terre étrangère sans dévier de la bonne route, il le savait.

Bhaal le guidait...

Après plusieurs jours de marche, sans boire ni manger, ni jamais faire halte, le prêtre arriva dans une vallée. Au centre, dans de grands champs, se dressait une colline ronde... Surnommée Liberté, elle avait donné son nom à la bataille qui s'y était livrée.

Hobarth avança, posa le cœur par terre et incanta. Une puissance inégalée l'inspirait.

Le sol trembla et une odeur de pourriture en monta.

Des squelettes se hissèrent hors d'une crevasse, comme autant d'insectes, se piétinant les uns les autres.

Puis ils se regroupèrent.

Ensuite vinrent les zombies.

Sur ces cadavres, la chair n'avait pas fini de se décomposer. A leur tour, ils formèrent de vagues rangs, attendant les ordres.

Et il en sortait toujours plus.

Hobarth tenait enfin son armée.

CHAPITRE VIII

LES CRISTAUX DE THAY

Les yeux ronds, tapi dans l'ombre, Pawldo vit les ogres emmener Tristan, Daryth et un autre prisonnier. Canthus grogna ; le petit homme le flatta et lui murmura des paroles apaisantes.

La troupe disparut dans la nuit. Quand les clients sortirent, Pawldo se redressa et s'épousseta.

Il avait du pain sur la planche... Il enveloppa ses précieux cristaux de Thay dans de vieilles nippes qu'il trouva près de là et revêtit sa tunique de cuir. Puis il glissa à sa ceinture une lame qui avait bu le sang de plus d'un ennemi.

Tourné vers Canthus, il désigna la rue du menton, et lâcha :

— Tristan ?

La bête bondit, huma l'air et fila dans la direction qu'avaient prise les ogres et son maître. Pawldo courut pour ne pas le perdre de vue.

Intelligent, le molosse remontait les rues avec la discrétion d'une ombre. Puis il se dirigea vers un corps de garde. Pawldo le retint à temps avant qu'il avance sous la lumière que projetait la torche d'un soldat. Lui intimant le silence, Pawldo fit le tour du bâtiment avec lui. Plus loin, un grand chêne se dressait. Aucun jardinier n'avait coupé les branches basses. Le petit homme ordonna au molosse de rester caché dans des buissons, puis il se hissa dans l'arbre.

A l'intérieur de l'enceinte, un manoir imposant était entouré de jardins et d'étangs. Des ogres patrouillaient.

Quelque part en ces lieux, le prince de Corwell était retenu.

*
* *

— Il serait temps que tu te réveilles ! lança Pontswain, cinglant.

Le prince s'assit péniblement. Il avait les poignets enchaînés et la tête en feu. Daryth, également entravé, le fixait d'un air morose.

— Que s'est-il passé ? grommela Tristan.
— Parce que tu ne t'en souviens pas ? se récria son rival.
— Bien sûr que si ! Mais comment ces gardes étaient-ils au courant de notre arrivée ? Nous guettaient-ils ? Nous étions là depuis quelques heures à peine !
— Juste le temps de te soûler...

Tristan bondit, faisant cliqueter ses menottes.

— Très bien : j'admets mon erreur ! Pour ce que ça nous avance, je m'excuse. Maintenant, il suffit, ou par la déesse, je te ferai ravaler tes remontrances !

Loin de s'emporter, Pontswain haussa les épaules et abandonna le sujet.

— Je commence à comprendre..., fit Daryth.
— Eclaire notre lanterne, je te prie, dit Tristan.

Les trois hommes se placèrent devant la lucarne de leur cellule, par laquelle on apercevait les jardins.

— C'est pourtant évident : le sabotage du *Caneton*

Verni, notre arrestation... On n'a rien négligé pour t'empêcher de voir le Haut Roi, Tristan !

— Alors il aurait... peur de moi ? Mais pourquoi ?

— Les autres dirigeants des Sélénæ, Moray, Basse Neige... enlevés ou tués comme ton père, tu restes l'unique survivant !

— Mais quelle menace un prince constituerait-il pour le Haut Roi ?

— Après ta victoire éclatante contre les Nordiques, l'an dernier, tu es une menace bien réelle... surtout aux yeux d'un monarque faible. Les soldats de cette région savaient que tu étais arrivé. Ils sont prêts à prendre les armes pour toi...

Tristan hocha la tête.

*
* *

Un bébé aigle dans les bras, Genna continuait à dévoiler à Robyn les secrets de la nature.

— Cet oiseau est aimé des dieux : il a la vue la plus perçante, et la vitesse de l'éclair quand il fond sur ses proies. Pour voyager vite, le mieux est d'adopter la forme d'un aigle.

— J'adorerais essayer ! s'écria Robyn, que la perspective de voler enchantait. Voir depuis les nuées la vallée et le monde entier !

— Bientôt, mon enfant. Malgré ma récente... léthargie, tu as beaucoup progressé et tu es prête à apprendre les secrets de la faune.

— Genna, cette léthargie... n'était pas sans rapport avec l'étranger, n'est-ce pas ?

Sa tante garda le silence un long moment.

— Je ne peux le blâmer entièrement du mal qui m'a frappée. A vrai dire, je ne fais pas mon âge, tu peux me croire ! Parfois, la vieillesse me rattrape... Au début, je pensais qu'il s'agissait de ça. Puis, avec l'arrivée de cet inconnu, j'ai senti quelque chose de bien plus sinistre : la présence d'un ennemi puissant, dont je m'étais crue débarrassée. Cela m'a plongée dans une folie passagère. Quant à cet homme, il s'agissait d'un ancien druide : Trahern de Valchêne. Je l'avais compté à tort parmi les victimes de la guerre. Le mal l'habitait...

— Pourquoi ne m'as-tu rien dit ?

— La folie m'en empêchait ! Elle coinçait les paroles dans ma gorge. Maintenant, son influence funeste a presque disparu.

— La pierre noire !

— Quoi ? Quelle pierre noire ?

— Je viens de comprendre !

Robyn décrivit à sa tante ce qui était tombé du sachet de l'ancien druide.

— Qu'est devenue cette pierre ?

— Newt l'a emportée quand j'étais évanouie. J'ignore où. Newt ?

Près des deux femmes, le dragon redevint visible. Il s'amusait à empêcher les abeilles de butiner les fleurs.

— Est-ce l'heure de manger ? s'enquit-il. Vous êtes assommantes, savez-vous ! Vivement le repas !

— Avant, petit monstre, dit Robyn, dis-nous où tu as laissé la pierre noire.

Se tordant le cou comme s'il s'attendait à voir surgir une horde d'ennemis patibulaires, Newt souffla avec son sens du dramatique :

— Je l'ai cachée dans la forêt...

— Mais où ? insista la jeune druidesse.

— Quelque part au sud, fit le dragon, irrité. Bon, si on mangeait ?

Robyn ne put s'empêcher de rire. Elle alla au chalet chercher du pain, du fromage et des fruits.

Le front plissé, Genna regardait vers le sud, inquiète.

*
* *

Pawldo allait sauter de son arbre quand un bruit, aussi ténu qu'insolite, lui fit tendre l'oreille.

Maudits nuages qui voilaient la lune !

Une chose était sûre : il n'était pas seul... Le vent perça une trouée éphémère dans les nues ; Pawldo aperçut des cavaliers : six, vêtus de noir de pied en cap. Aussi sombres que leurs maîtres, les chevaux avaient les sabots emmitouflés de cuir.

Qui étaient-ils ? Que voulaient-ils ?

Ils n'inspiraient aucune confiance au petit homme.

Comble de malchance, ils s'arrêtèrent sous le chêne. Certain que les battements de son cœur le trahiraient, Pawldo monta plus haut.

Cinq des six hommes grimpèrent à leur tour dans l'arbre, sans se douter qu'ils n'étaient pas seuls... Tremblant comme une feuille, Pawldo se cramponna à une branche haute, priant pour se fondre dans la nuit.

— Il doit être retenu dans la tour, souffla l'un d'eux.

— Comment peux-tu l'affirmer ? demanda un complice.

— Les ogres gardent toujours en hauteur leurs trésors et leurs prisonniers, répondit le premier.

Pawldo fut certain qu'ils parlaient de Tristan.

— Rasper, prends ça, continua l'homme qui devait être le chef de la bande. Et bois avant que nous sautions par-dessus le mur. Tu passeras le premier et cette potion te rendra invisible. En cas de pépin, fonce ! Nous ferons diversion. Fallow, tu sais ce que tu as à faire.

— N'aie crainte, répondit Rasper. Le prince est un homme mort.

Des tueurs !

Dans son effroi, Pawldo fit craquer le bois. Ce bruit suffit à alerter la bande. Les dents serrées, le petit homme rampa dans le plus grand silence, ne s'arrêtant que lorsque la branche ploya sous son poids. Se fiant à son sens inné de l'équilibre, il se laissa tomber dans les branches plus basses pour rebondir sur le sol.

Il se souvint trop tard du sixième tueur qui fondait sur lui.

— Canthus ! beugla-t-il en prenant ses jambes à son cou.

La masse sombre du molosse surgit de la nuit pour plaquer le tueur au sol. Canthus plongea ses crocs dans l'épaule de l'homme.

— Filons ! cria Pawldo, courant vers les chevaux.

Laissant sa victime dans un bain de sang, le chien obéit. Le petit homme lança les six chevaux au galop avec de grands hurlements.

*
* *

— D'autres idées ? s'enquit Pontswain.

Pour une fois, il avait oublié d'être sardonique.

Tristan s'était efforcé de tordre les barreaux de leur fenêtre. Il avait dû abandonner.

— Sans mes outils, je ne peux crocheter la serrure, annonça Daryth. Ils m'ont pris ma trousse...

Ses compagnons se reposant sur le matelas, Tristan fit les cent pas. Il détestait être séquestré — une expérience nouvelle. Au fil des heures, les murs semblaient se refermer sur lui. Encore un peu et il se jetterait sur la porte comme un forcené.

— Penses-tu que le Haut Roi brûle de nous entendre ? continua Pontswain. Il s'est certainement donné du mal pour t'empêcher de le contacter.

Le seigneur raillait-il ou était-ce une question sincère ?

— Il me paraît en effet peu probable qu'il désire nous voir, fit Daryth.

— Pourquoi ?

— Après deux tentatives d'assassinat contre toi, Tristan...

— Si on veut tellement ma mort, pourquoi personne ne vient-il achever le travail, maintenant que je suis en captivité ?

— Peut-être parce qu'on redoute un soulèvement populaire, suggéra Pontswain. Souviens-toi que les gens étaient prompts à prendre ta défense, à l'auberge.

Daryth hocha la tête. Se levant, il faillit trébucher sur la chaîne qui reliait ses fers et jura.

Les poignets écartés, il ouvrit des yeux ronds : un des anneaux de fer roula par terre.

— Comment as-tu fait ? s'écria Tristan.

— Je l'ignore, avoua le Calishite, mystifié.

Il tira sur l'autre fer, qui tomba à son tour. Riant aux éclats, il tendit les bras.

— Ces gants magiques viennent du château de l'onde ! Je l'avais oublié !

Tristan essaya en vain d'en enfiler un. Il remarqua une minuscule poche à l'intérieur, et en fit la remarque à son ami.

Le Calishite examina le gant, et en retira...

— ... Un crochet !

Le minuscule outil ne demandait qu'à servir.

Daryth ne mit pas une minute à libérer ses compagnons.

— Merveilleux ! exulta Tristan. Maintenant...

— Chut ! siffla le Calishite.

Ils entendirent un raclement métallique. Daryth mima quelqu'un en train de crocheter la serrure, de l'autre côté de la porte.

Le souffle court, le trio prit position...

*
* *

Se traitant de fou et d'inconscient, Pawldo savait que son plan n'avait aucune chance d'aboutir. En revanche, *lui* avait toutes les chances d'y laisser sa peau, sans doute écrasé par un ogre comme un vulgaire moustique.

Personne n'avait jamais prétendu que l'amitié consistait à courir au massacre sous prétexte de sauver un ami probablement mort. Quant au vaurien accroché aux basques de Tristan, Daryth, il n'avait que ce qu'il méritait pour avoir fourré son nez partout — et surtout où il ne fallait pas !

Peine perdue... Pawldo n'écoutait plus la voix de la raison.

A la grâce des dieux !

Il sifflota faiblement, s'acharnant jusqu'à ce qu'il ait gagné un semblant d'assurance.

Puis il sortit de l'ombre et avança dans la rue longeant la palissade du corps de garde, sautillant comme s'il n'avait pas un souci en tête.

Canthus le suivait.

Le petit homme approcha du monstre qui montait la garde. Surprise, la brute le laissa venir.

— Salut ! fit Pawldo avec un entrain qu'il espérait n'être pas trop forcé. Aimerais-tu acquérir un de ces merveilleux cristaux, l'ami ? Ils sont uniques au monde !

*
* *

A l'instar d'une monstrueuse limace, l'armée des morts-vivants rampait à la surface de la terre. Ces excellents soldats étaient insensibles à la faim, à la soif, à la fatigue et à la douleur.

Sous leurs pas, les plantes se flétrissaient ; les arbres et les buissons qu'ils côtoyaient voyaient leur sève geler.

Une pluie soudaine avait lavé les zombies de leurs miasmes. Certains avaient gardé leurs armes rouillées, d'autres n'avaient plus que leurs mains décharnées, les phalanges presque à nu — des armes plus formidables encore. Des nuées de mouches bourdonnaient joyeusement sur leurs chairs pourries. Trébuchant souvent, les morts-vivants ne déviaient jamais de leur route.

Une succession d'averses rendirent aux squelettes ambulants leur pâleur couleur os.

Infatigable, Hobarth l'était également devenu, car il était possédé par le cœur de Kazgoroth.

L'armée laissait dans son sillage une terre désolée et violentée.

Enfin, elle atteignit les flancs de la vallée du Loch Myr.

L'avant-garde — une quarantaine de Nordiques — traversa un étang peu profond, le rendant nauséabond et corrompu. Les poissons flottèrent, le ventre à l'air.

A l'approche de l'indicible troupe, les animaux sauvages fuirent.

L'armée arpenta une forêt morte.

Bientôt, songeait Hobarth ravi, la druidesse serait à lui.

*
* *

Tristan et Daryth se postèrent de part et d'autre de la porte. Resté sur le matelas, Pontswain leur fit un signe de tête : il tâcherait de distraire les intrus, quels qu'ils fussent. Une chose était sûre : il ne s'agissait pas d'amateurs.

Dans un silence tendu, la porte s'entrouvrit. A la vitesse d'un cobra, Daryth frappa... et rencontra le vide.

Interloqué, il tira la porte...

Il ne vit personne !

Jusqu'à ce qu'il baisse les yeux.

— Pawldo ! (Fou de joie, le prince le serra contre lui.) Comment es-tu arrivé là ?

— Ce serait trop long à raconter. Et jamais vous ne me croiriez... Venez, ne restons pas là.

— Que sais-tu que nous ignorons, Pawldo ? demanda Tristan.

— Une bande d'assassins arrive ! Ils sont peut-être en train de monter l'escalier tandis que je vous parle. Filons, je vous dis !

— Une minute ! souffla le prince. Je dois retrouver mon épée. Je ne partirai pas sans elle !

Exaspéré, le petit homme soupira.

— Très bien... J'ai ma petite idée là-dessus. En bas, un garde veille.

— Bon sang ! Comment faire ?

— C'est le cadet de nos soucis, grommela Pawldo.

Il prit la tête et descendit l'escalier en colimaçon sur la pointe des pieds.

Au rez-de-chaussée, une porte ouvrait sur le hall central. La main sur la poignée, Pawldo entendit un ogre grommeler de l'autre côté.

— Comment allons-nous combattre ce monstre ? souffla Daryth. Nous avons seulement ta minable broche à cochons pour nous défendre !

— Ma petite lame a *embroché* plus d'un porc, sache-le ! Maintenant, la ferme, et suivez-moi !

Avant que les trois hommes puissent réagir, il avait poussé la porte, marchant vers l'ogre d'un pas aussi résolu que suicidaire.

Le monstre ne broncha pas !

Pawldo fit signe à ses compagnons de le suivre.

L'ogre était trop occupé à étudier une boule de cristal pour faire attention à des prisonniers en cavale !

Retenant son souffle, le trio passa sur la pointe des pieds devant le garde sans qu'il daigne lever les yeux.

A l'autre bout du couloir, Pawldo tira un rideau pour entrer dans le hall.

Aussi fascinés que leur congénère, trois gardes faisaient également tourner les étranges babioles entre leurs gros doigts.

Sidérés par leur bonne fortune, Tristan, Daryth et Pontswain suivirent le petit homme jusqu'à une porte de bois. Confiant son épée à Daryth, Pawldo crocheta la serrure.

— C'était le seul accès gardé, chuchota-t-il. Je parierais que ton arme, Tristan, est derrière.

Après le déclic, rose de fierté, il ouvrit.

— Misérables ! Je vous avais ordonné de frapper avant d'entrer...

Le capitaine au nez crochu en resta bouche bée : les intrus n'étaient pas des ogres !

Sa main vola vers la garde de son épée...

Mais le Calishite le battit de vitesse. D'un bond impressionnant, il atterrit sur le bureau de l'officier, lame pointée sur sa gorge.

— Plus un geste, plus un mot, ou tu es mort...

Le capitaine lâcha prise.

Tristan lui prit sa lame pour la retourner contre lui.

— Où sont nos armes ?

Du menton, l'homme désigna un coffre. Pawldo en sortit les deux épées et le cimeterre de ses amis, ainsi qu'une bourse pleine de pièces d'or.

Pontswain se campa devant le prisonnier ; vif comme un serpent, il lui plongea sa lame dans le cœur.

— Pourquoi as-tu fait ça ? s'écria Tristan. Il ne présentait plus aucun danger !

— Que tu dis... Dès que nous aurions tourné le dos, il aurait lancé tous les ogres de la ville à nos trousses. Sa mort nous laisse quelques minutes de répit.

— Tu as tué un homme... pour gagner *quelques minutes* ?

Tristan avait souvent tué, au cours des batailles de l'an passé. Mais jamais de sang-froid.

— Absolument ! s'irrita Pontswain. Et ça en vaudra

la peine si on ne perd pas notre temps en vaines querelles !

— Il a raison, intervint Daryth. Suivez-moi !

Tous repassèrent devant les ogres fascinés par les cristaux.

— As-tu un plan, Pawldo ? chuchota le prince.

— Un plan ? Pauvre de moi, j'étais sûr de mourir bien avant d'en avoir besoin... Néanmoins, j'ai pris la peine de seller six coursiers, au cas où...

Il guida ses compagnons jusqu'à une véranda, où un autre garde fixait aussi son cristal, les yeux ronds. Par bonheur, les nuages cachaient la lune.

Ils traversèrent un jardin longeant de hautes haies.

— Voilà..., souffla Pawldo. J'ai laissé Canthus là-bas.

Quatre silhouettes noires surgirent sans crier gare.

Tristan reconnut un des tueurs.

— Le prince de Corwell et Daryth de Calimshan. Quelle bonne surprise, fit Razfallow, doucereux. Jamais deux morts ne m'auront procuré autant de plaisir...

La lune perça les nuages. Arrachant son masque, le tueur dévoila ses traits bestiaux.

— Quant au petit rat qui nous espionnait... Quelle délicieuse surprise ! Vois comme il nous attend, Rasper ? Je l'avais bien dit.

Les séides de l'hybride tenaient en joue les fugitifs. Leurs arbalètes étaient identiques à celle qui avait tué Kendrick.

— Alors Razfallow..., lâcha Daryth. Tu te vends toujours au plus offrant, à ce que je vois.

— Tout à fait. Si tu t'étais joint à moi, tu aurais pu vivre vieux... Tu étais bon, jadis. Tu serais mon lieutenant maintenant, au lieu d'être ma victime.

— Travailler pour des gens comme toi ? Ce n'est pas un choix...

Razfallow haussa les épaules et conclut :

— Alors, Rasper ? Par lequel commençons-nous ?

* *

La puissance de la déesse était liée à la vallée du Loch Myr.

Ses druides y étaient bien plus forts qu'ailleurs.

Mais contre le fléau qui s'était abattu sur ses terres, ça ne suffisait pas.

L'armée des morts-vivants atteignait la déesse dans son âme. C'était un blasphème à la face des cieux, une perturbation de l'Equilibre naturel.

Contre une telle souillure, la divinité était impuissante. Elle redoutait Hobarth et son maître maléfique.

Pour autant, elle n'était pas sans ressources. Ses enfants étaient ses plus ardents défenseurs.

La Bête avait eu raison du Léviathan.

La Meute s'était dispersée.

Restait Kamerynn, la Licorne.

CHAPITRE IX

LES FUGITIFS

Les tueurs levèrent leurs armes. Tristan sentait déjà un carreau empoisonné s'enfoncer dans son cœur. Il allait tenter une manœuvre désespérée quand Daryth émit un sifflement.

— Dommage pour toi, Calishite, fit Razfallow. J'aurais aimé t'abattre le dernier, mais...

Soudain, Tristan comprit ce que son ami tentait. Il fallait gagner du temps !

— Je suis déjà mort, commença le prince, alors dis-moi, pourquoi fais-tu ça ? Qui est ton maître ?

Razfallow ricana.

— Tu es un homme mort, c'est certain, et je ne perds pas mon temps à parler aux cadavres... Bon, Larrell, tue le frisé... (Il désigna Pontswain.) Rasper, à toi l'honneur d'abattre le prince.

Derrière les tueurs, Tristan surprit un mouvement. Daryth leva les mains comme pour supplier, puis il pointa un index sur l'arbalétrier...

— Canthus, *tue !* cria-t-il à la seconde où le molosse bondit, sauvagement efficace.

Le carreau se perdit dans la nuit, dévié par le choc ;

luttant pour écarter les crocs de sa gorge, Rasper lâcha son arbalète.

Pontswain plongea à terre pour éviter le carreau de Larrell. Tristan, Daryth et Pawldo se jetèrent sur les tueurs, tandis que Larrell, déchiré par les crocs du molosse, poussait des cris pitoyables.

— Attention ! cria soudain Daryth, poussant Tristan de côté.

Puis il fouetta l'air de son épée !

Au même instant, le prince sentit une lame s'enfoncer dans son dos. La surprise et la douleur le firent crier. Daryth riposta : la pointe de son épée *disparut* !

Quand elle reparut, elle était rouge de sang. Tristan entendit un gémissement, suivi du bruit mat de la chute d'un corps...

Serrant les dents pour ne pas tourner de l'œil, il comprit : un tueur s'était rendu invisible par magie.

Sans l'avertissement et les réflexes de Daryth, le prince serait mort.

Pontswain se releva et chargea.

Razfallow para l'attaque et le força à reculer. Un des assassins voulut profiter de l'occasion, mais la riposte de Daryth lui coûta un avant-bras. Choqué, l'autre main crispée sur le moignon, l'homme tituba.

Le Calishite et l'hybride croisèrent le fer sans qu'aucun domine l'autre. Razfallow cracha au visage de son ancien élève avant de rompre le duel :

— Nous nous reverrons ! gronda-t-il. Tu ne perds rien pour attendre, maudit !

Il s'enfuit dans la nuit.

Pawldo allait se lancer à sa poursuite ; Daryth le retint.

— J'admire ton courage, fit-il, sincère, mais la nuit est le domaine de ce gredin. Toi et moi n'aurions aucune chance contre lui. Il a fui précisément pour nous inciter à le poursuivre au mépris de toute prudence... et à tomber entre ses griffes. De plus, notre ami a besoin d'aide.

Ce furent les derniers mots que Tristan entendit avant de perdre connaissance.

*
* *

— Viens ici, petit. Tu sais que je ne te ferai aucun mal.

Désormais, Robyn traduisait sans mal les pépiements et les claquements de langue de sa tante.

L'écureuil aussi.

Courant le long d'une branche, il se laissa tomber dans les paumes ouvertes de la Haute Druidesse. Puis il grimpa sur son épaule et renifla délicatement son oreille.

— Les petits mammifères sont vraiment des amours, Robyn. Ils nous ressemblent par plus d'un côté et sont très amicaux.

— A manger ? babilla l'écureuil.

— Ah, fripouille..., soupira Genna.

Elle puisa des noisettes dans une poche de son tablier et les lui offrit.

Robyn releva la tête :

— *Newt !* Je t'ai à l'œil !

Le dragon s'apprêtait à fondre sur le rongeur pour lui mordre la queue...

De dépit, les ailes lui en tombèrent.

— C'est plus fort que moi ! geignit-il. Je m'ennuie tellement ! Vous êtes *assommantes*. Il ne se passe plus rien d'amusant. Des leçons à longueur de journée... quelle barbe ! En plus, tu me houspilles tout le temps !

Genna soupira de plus belle.

— Newt n'a pas tort. J'ai mis les bouchées doubles pour rattraper le temps perdu. Pourquoi ne pas aller déjeuner près de l'étang et nous reposer ?

Newt couina d'excitation.

Songeuse, Robyn alla préparer un panier de pique-nique. Quand elle revint, elle confia à sa tante le rêve qui ne la quittait plus... C'était sûrement une vision.

— Il s'agit de... Kendrick et de Tristan. Je suis certaine qu'il est arrivé quelque chose de grave et qu'ils ont besoin de moi !

— Tu souhaites cesser tes études ?

— Non, mais je dois en avoir le cœur net. Me pardonneras-tu de m'absenter quelque temps ?

Genna fit un sourire triste.

— Te pardonner quoi, mon enfant ? Tu es une élève studieuse et appliquée, apte à prendre des décisions. Si tu dois partir, qu'il en soit ainsi. J'attendrai ton retour.

— Je promets de faire vite ! Merci !

Le soulagement fit presque tourner la tête à la jeune femme. Elle partirait au plus vite.

L'après-midi, elles découvrirent une biche parmi les chênes sacrés.

Robyn l'attrapa par le cou et lui murmura des paroles apaisantes jusqu'à ce qu'elle cesse de trembler.

— Que se passe-t-il, ma jolie ? chuchota la Haute Druidesse.

L'animal semblait terrifié. Sa robe était griffée et maculée de terre.

Genna l'écouta, la caressa et jeta à son élève un regard inquiet.

Apaisée, la biche s'éloigna.

— Je ne comprends pas ce qui l'a perturbée à ce point, avoua Genna. Mais la terreur lui a fait couvrir des lieues...

— Que faire ? s'écria Robyn.

— Je pars enquêter.

— Laisse-moi venir avec toi !

— Non, tu n'es pas prête. Je recourrai à des talents que tu ne maîtrises pas encore — même si ça ne saurait tarder. En mon absence, veille sur le bosquet. D'autres bêtes pourraient venir s'y réfugier.

A cet instant, des nuées d'oiseaux se perchèrent au sommet des arbres, visiblement excités.

Les deux femmes remarquèrent qu'eux aussi venaient du sud.

*
* *

La Mort tendit ses doigts glacés pour s'emparer de Tristan de Corwell.

Dans son inconscience, le martèlement des sabots l'atteignait à peine. Il ne sentait pas non plus les bras de Daryth autour de lui, le serrant pour le maintenir en selle.

Chaque souffle était une lutte pour survivre... Tristan avait un poumon perforé.

Le jeune homme fut tenté de s'abandonner à la Mort, qu'il sentait rôder autour de lui. Respirer était un combat de tous les instants. Laisser le néant l'emporter devenait plus tentant de seconde en seconde.

— Tristan... regarde-moi, mon prince !

Quand le jeune homme réagit, il eut l'impression de se mouvoir au ralenti. Lever les paupières ou se tourner exigeait trop d'efforts. Pourtant, à force de volonté, il y parvint.

Les brumes étouffaient le pas des chevaux. Elles s'écartèrent pour dévoiler un lac.

— Tristan...

La voix l'intrigua. Il vit une silhouette blanche à la surface de l'eau.

La reine Allisynn était loin de lui, pourtant il voyait des larmes se former au coin de ses yeux. Et il l'entendait murmurer malgré la distance.

Comme elle était belle ! Ses cheveux blonds dansaient sous la caresse de la brise, et sa robe blanche avait la fluidité de l'onde.

Elle semblait si triste... Il aurait donné cher pour la réconforter.

Puis il comprit.

Il avait échoué ! Il l'avait déçue. Son désespoir augmenta.

Il voulait la rejoindre, mais son corps ne lui obéissait plus. Un sanglot rauque lui échappa.

— Ma reine !

Il lutta pour tendre une main vers elle et l'implorer.

— Reste en ce monde ! ordonna la souveraine. Ton heure n'est pas venue...

La voir disparaître fut plus qu'il n'en put supporter. Pourtant, il sentait encore sa présence...

— Tu dois continuer, mon prince : rends-toi à Caer Callidyrr. Seul le Haut Roi te livrera le secret de ta destinée. Prends garde à son sorcier : Cyndre !

— Ma dame..., gémit-il.

— Non... L'élue de ton cœur est une femme de chair et de sang qui a besoin de toi ! Tourne tes pensées vers elle, non vers moi...

A sa place apparut une druidesse aux yeux verts et aux cheveux noirs. Sa beauté fit frissonner le jeune homme.

Par la déesse, comme Robyn lui manquait !

Il devait la revoir ! Il devait *vivre* !

Les compagnons firent ralentir leurs chevaux. Le prince blessé souffrit de plus belle : il avait la poitrine dans un étau et la gorge en feu.

Mais la douleur lui fit mieux comprendre sa rage de vivre et de vaincre. Le spectre de la Mort s'éloigna.

Tristan n'eut pas conscience qu'on le portait dans une petite chapelle de campagne.

Mais il s'accrochait à la vie.

*
* *

Hésitant, le messager approcha du trône.

— Votre Majesté... Le sorcier reste... introuvable.

— Idiot ! aboya le monarque. Hors de ma vue ! Ne reviens que lorsque tu l'auras trouvé ! (Il se leva.) Sortez tous ! Je ne veux plus voir personne !

Les courtisans, les amuseurs et les dames d'atours se hâtèrent d'obéir. Bientôt, le roi resta seul.

Du moins le crut-il.

Sa tunique noire tourbillonnant, Cyndre apparut près du trône. Carrathal hoqueta de surprise.

— Où étiez-vous ? J'ai fait fouiller ce palais de fond en comble ! Pourquoi ne pouvez-vous rester là où vous êtes censé être ?

— Je suis venu aussi vite que j'ai pu, sire. Je m'adonnais à la méditation. L'interrompre eût été fort dangereux.

Le sorcier fit un signe presque imperceptible. Le jeune homme se voûta et se laissa tomber sur son trône.

— J'étais si inquiet ! geignit-il. N'y a-t-il aucune nouvelle de cet arriviste de Corwell ?

— Nous avons eu vent de son arrivée à Llewellyn. Une garnison de la Garde Ecarlate l'attend. Sa capture ne saurait tarder. Nous en aurons très vite la confirmation, altesse.

Bercé par la voix onctueuse, le roi se détendit.

— Navré pour ma mauvaise humeur, Cyndre. Ma santé n'est plus ce qu'elle était ; j'ai les nerfs à vif ! Dès qu'il sera capturé, qu'on me l'amène sur-le-champ. Ce prince m'intrigue. Je veux entendre de sa bouche ses raisons de me voler mon trône.

— Sitôt qu'il sera entre nos mains, sire...

Son cadavre ne t'apprendra pas grand-chose, Carrathal... J'y veillerai.

— Vous me protégerez de lui, n'est-ce pas ?

— Naturellement, sire. Vous savez que vous n'avez rien à craindre. Peut-être une distraction serait-elle la bienvenue... Une exécution ? La sœur du hors-la-loi, O'Roarke ?

— Pas encore, dit le jeune homme. Je ne désespère pas de lui faire entendre raison. Si je tue sa sœur, tout espoir de réconciliation sera vain.

Le sorcier fit un geste subtil et murmura une formule magique.

— Très bien..., lâcha le roi, comme en transe. Qu'elle soit exécutée demain matin.

Un instant, le jeune homme eut la vision de fantômes dressés contre lui, toujours plus nombreux. L'horreur le défigura.

Puis il bâilla.

— Merci, Cyndre. Que ferais-je sans vous...

Carrathal s'endormit avant d'achever sa phrase.

*
* *

— Je serai partie un jour, tout au plus, dit la Haute Druidesse. Empêche-les de se battre. Si tu raisonnes les mâles dominants, tout ira bien.

Guère convaincue, Robyn acquiesça.

En une nuit, le bosquet sacré s'était rempli d'animaux paniqués : les cervidés, les lièvres, les cochons sauvages, les écureuils et les rongeurs évitant nerveusement les loups, les renards, les belettes et les blaireaux également venus chercher refuge dans le bois.

Mais un refuge contre quoi ?

— Au besoin, conseilla Genna, demande l'aide de Grognon. Il protestera beaucoup, mais il sera ton meilleur allié.

— Je n'y manquerai pas.

Le vieux plantigrade avait tout de l'ours mal léché — noblesse oblige —, mais c'était une bête fidèle et fiable.

— Je me dépêcherai, ajouta la vieille femme. Prends soin de toi, mon enfant.

Sous les yeux de Robyn, les contours du corps de sa tante se brouillèrent... La transformation fut bientôt complète : l'aigle qui était Genna Chantelune prit son envol et disparut dans le ciel.

Au fil des heures, le malaise de Robyn empira. Ses tâches quotidiennes ne lui procuraient plus de joie.

Etait-ce la menace insidieuse qui pesait sur le val ?

De plus en plus, ses pensées se tournaient vers Tristan. Et son angoisse augmentait. Robyn avait le pressentiment qu'il courait un grand danger.

Elle lutta contre l'envie de tout abandonner. Mais eût-elle su où trouver son bien-aimé que trahir Genna était inconcevable.

Robyn tenta d'oublier ses appréhensions grâce au travail.

Puis une sérénité nouvelle l'envahit. Les bêtes se calmèrent.

Qui était arrivé ?

Robyn arpenta le bosquet sacré... et courut se jeter au cou de Kamerynn.

*
* *

Luttant contre le vent, Tavish voguait vers Corwell.

Avait-elle raison d'agir ainsi ?

Mais qu'aurait-elle pu contre des ogres ?

Elle avait dû abandonner le prince à son sort. N'ayant rien d'une guerrière, elle n'avait pas le choix.

Dans le pays natal de Tristan, elle rallierait les bonnes volontés.

Les seigneurs devraient secourir le fils de leur défunt roi.

C'était le seul espoir.

*
* *

Le prêtre de la chapelle aida les compagnons à allonger leur ami. Pontswain monta la garde à l'entrée.

L'aube pointait.

Après avoir chargé Cowan, un adolescent de quinze ans, de s'occuper des montures des voyageurs, le religieux se présenta :

— Je suis le patriarche Trevor, prêtre de Chauntea. (Il tâta le front du blessé et lui prit le pouls.) Votre ami lutte contre la mort. Quelques lieues de plus l'auraient achevé.

Les yeux clos, il psalmodia.

Une aura diffuse nimba le blessé. Emu, Daryth faillit tomber à genoux.

Tristan vomit du sang. Ses yeux se révulsèrent. Sur un murmure du prêtre, l'aura disparut.

Tristan sombra dans un profond sommeil. Ses joues retrouvèrent des couleurs.

— Il dort. Suivez-moi. (Le prêtre guida Daryth et Pawldo dans une autre pièce et leur offrit à boire.) Vous êtes des fugitifs, lâcha-t-il sans ambages. Mais j'aimerais savoir ce que vous fuyez.

Les compagnons se regardèrent. Le petit homme prit la parole :

— Les ogres du Haut Roi ont fait notre ami prisonnier, l'accusant à tort de trahison. Nous l'avons aidé à fuir mais il a été blessé.

— La Garde Ecarlate ! s'écria le patriarche. Quels scélérats ! Hélas, ils accablent notre royaume, eux aussi... Ils sèment la terreur jusqu'au fond des campagnes... Quelle sorte de roi peut traiter ainsi ses sujets ?

— Ils sont plus fréquents que vous ne pensez, dit Daryth, même si c'est la première fois que j'en entends parler dans les Sélénæ... Moi qui ai roulé ma bosse, je peux dire que le Ppeuple jouit de libertés bien supérieures à la norme.

— C'est vrai, renchérit Pontswain qui les rejoignit.

103

Inutile que je monte la garde plus longtemps : la route est déserte. Comment va le prince ?

— Il vivra, annonça le patriarche.

Sans répondre, le seigneur prit place sur un siège. Etait-ce une bonne ou une mauvaise nouvelle pour lui ? songea Daryth, cynique.

— Pourquoi les seigneurs de Callidyrr n'ont-ils rien tenté pour renverser ce tyran ? demanda Pontswain. A Corwell, je me plais à penser que nous n'aurions pas supporté pareil régime sans rien faire.

— Ils ont essayé. Plusieurs ont disparu, d'autres croupissent dans les oubliettes. Tous ont vu leurs terres et leurs biens confisqués au profit de la couronne. Le seigneur O'Roarke s'est réfugié dans la forêt et il est devenu un hors-la-loi.

— Pourquoi n'y a-t-il eu aucune révolte ? insista Pontswain.

— Je l'ignore. Sans doute manque-t-il un chef à l'âme bien trempée. Ou peut-être les gens ont-ils trop peur d'un soulèvement général... Quoi qu'il en soit, je suis heureux d'avoir pu vous aider. Néanmoins, vous avez de puissants ennemis. Je peux vous cacher jusqu'à la nuit, ensuite vous devrez reprendre la route. Je ne crains pas pour ma vie, mais si on vous découvrait ici, le village serait détruit.

— Nous comprenons, dit Daryth. Vous avez toute notre gratitude.

— Savez-vous où vous irez ?

— A Caer Callidyrr, voir le Haut Roi.

Debout sur le seuil de la pièce, le prince de Corwell venait de répondre à la place de son ami.

— Tristan !

Pawldo bondit.

Malgré sa faiblesse, le fils de Kendrick avait le regard brillant de colère et de détermination.

— Vous devriez rester allongé, dit Trevor, lui offrant son siège.

— Bientôt. Pour l'heure, il y a des décisions à prendre.

— Vous voulez vraiment vous rendre à Caer Callidyrr ?

— Oui.

— Très bien. Mieux vaudrait, pour éviter les ennuis, que vous délaissiez la voie royale au profit des sentiers du nord, jusqu'à la forêt de Dernall. Les soldats du roi n'y patrouillent guère. Je vous remettrai une carte des environs. Ensuite, vous devrez vous fier à votre bon sens... Jeune homme, vous resterez faible plusieurs jours, aussi prenez garde à vous et reposez-vous. C'est impératif.

— Merci, patriarche. Il me reste une question : pourquoi faites-vous tout ça pour nous ?

— Les voies de ma déesse sont insondables pour le commun des mortels. Même ses prêtres ne la comprennent pas. Mais j'exécute sa volonté. Souvenez-vous toujours d'une chose : Chauntea est votre alliée. Elle fera tout pour vous aider à réussir. Au fond, je n'ai pas besoin d'en savoir plus. Un roi qui s'entoure de monstres pour se protéger de son propre peuple ne peut vouloir le bien de ses sujets ou de son royaume. Un tel monarque est une offense aux yeux de ma déesse. Vous avez donc sa bénédiction. Puissiez-vous filer comme le vent, et être aussi difficiles à capturer, conclut le patriarche.

Une chaleur bienfaisante envahit Tristan.

— Merci, dit-il. Vous nous redonnez l'espoir !

— C'est réciproque...

Après un après-midi passé à sommeiller, les compagnons repartirent le soir, Canthus en tête.

*
* *

Dans les Géhennes, Bhaal savourait la caresse ardente de la lave.

Le dieu de la Mort se délectait par avance du drame qui se nouerait bientôt. Chaque meurtre, chaque tuerie ou perfidie renforçait son pouvoir, lui permettant de mieux asseoir son autorité au sein du panthéon, et de mieux se mêler des affaires des hommes.

Voir les morts-vivants profaner la vallée du Loch Myr le remplissait d'aise. Cette légion infernale était promise à un bel avenir. Et il avait l'eau à la bouche en songeant à la druidesse, qu'Hobarth s'apprêtait à lui sacrifier.

L'île d'Alaron présentait moins d'intérêt.

Quant au prince de Corwell... Plus d'une fois, il l'avait presque tenu à sa merci. Ses irritants amis l'avaient sauvé in extremis.

Au fond, peu importait.

Bhaal était un dieu patient.

CHAPITRE X

CHANGEFORME

Affectueuse, la Licorne se frottait à Robyn. La jeune femme sentit le fardeau de ses responsabilités s'alléger et murmura une prière de gratitude à la déesse, le regard plongé dans celui de la Licorne, redevenu lumineux.

Un an plus tôt, Kamerynn avait eu les yeux rongés par l'acide.

— Kamerynn, espèce de grand cheval ! s'écria Newt, au comble de la joie.

Il se percha fièrement sur la longue corne d'ivoire de son amie et babilla gaiement.

— Grâce à la déesse, te voilà de retour ! Robyn, la pauvrette, ne sait plus où donner de la tête avec tous les réfugiés. Maintenant que tu es là, je suis sûr que...

Kamerynn tourna soudain la tête ; le dragon se cramponna à sa corne. Derrière eux, les buissons s'écartèrent : une créature timide fit son apparition.

On eût dit un homme de deux pieds de haut. Mais des ailes fines battaient sur ses omoplates et à l'arrière de son crâne. Deux antennes palpitaient sur son front.

Un esprit des bois ! En tunique et braies vert feuille, il était armé d'un arc et de flèches.

— Bienvenue au bosquet, dit Robyn.

— Yazilliclick ! s'écria Newt, fondant sur le nouveau venu. Quelle bonne surprise ! On pourra bientôt faire la fête !

— Je... dois vous avertir, dit l'esprit follet de sa petite voix aiguë.

Robyn voyait un de ces êtres pour la première fois et comprenait sa nervosité. Cette race était réputée pour sa timidité. Les esprits follets avaient beau peupler les bois, rares étaient les humains qui les apercevaient au cours de leur vie.

Yazilliclick faisait preuve d'un grand courage en venant trouver la druidesse.

— Un grave danger menace la vallée ! Nous avons vu... l'armée...

— Une armée ! s'écria Robyn.

— Ce n'est pas le pire... Oh, non ! Il s'agit de cadavres ambulants !

— De cadavres ? Mais comment... ?

Robyn en fut décontenancée. L'esprit devait se tromper !

— Je l'ignore ! s'écria-t-il, au bord des larmes. Mais ils se dirigent par ici !

Un grand aigle vint se poser non loin de là et se transforma pour redevenir Genna Chantelune.

La vieille femme eut du mal à parler :

— Ils se rapprochent d'heure en heure. Encore deux jours, et ils seront là. J'ai chargé les moineaux de prévenir les autres druides de la vallée. Unis, peut-être aurons-nous une chance de venir à bout de ce fléau.

A l'occasion, les dizaines d'autres druides s'occupant des forêts de Gwynneth se réunissaient au bosquet sacré. En temps normal, chacun vivait en ermite, fuyant la compagnie de ses semblables pour se dévouer au bien-être de la flore et de la faune.

— Merci, esprit des bois, dit doucement Genna. Tu es très courageux.

— Je vous aiderai !

— Robyn, tu dois rester, je le crains. Je n'ignore pas combien tu t'inquiètes pour le roi et le prince, mais ta présence ici est devenue vitale.

Robyn savait où était son devoir.

Elle acquiesça.

*
* *

La carte du patriarche se révéla des plus utiles. Les dents serrées, Tristan dut subir une longue chevauchée nocturne. A l'aube, les compagnons cherchèrent un abri où se cacher durant le jour.

Mais cette région d'Alaron était peu boisée. Ils prirent par les champs avant de tomber enfin sur un bosquet.

Ils se restaurèrent et se reposèrent.

— Notre mission initiale est devenue caduque, lâcha Pontswain.

Tristan lui jeta un regard dubitatif.

— En effet, dit-il. A quoi bon demander à un homme qui veut ma mort d'arbitrer notre querelle ?

— Alors qu'attendons-nous pour rentrer à Corwell et laisser ces fous s'entre-tuer ? Qu'espères-tu accomplir ici ?

— Venger mon père, pour commencer ! Je forcerai le roi à avouer ses crimes contre le Ppeuple, et peut-être même à réparer ses torts !

— Tu as perdu la tête, toi aussi ! Il a déjà failli t'occire ! Maintenant, tu veux retourner te jeter dans la gueule du loup pour dire au Haut Roi que ses agissements n'ont pas l'heur de te plaire ? Allons, redescends sur terre, Tristan !

— *Réfléchis*, Pontswain : jusqu'ici, il n'a pas réussi à nous éliminer. Quoi qu'il en soit, je ne laisserai pas impuni le meurtre de mon père.

— Tes rêves de vengeance nous mèneront à notre perte.

— Qui te retient ? Te crois-tu indispensable ? le défia Tristan.

Pontswain se tut.

— Comment nous infiltrer dans le château, à ton avis ? demanda Daryth.

— Je l'ignore, admit le prince. Mais si on peut fuir un endroit, on peut aussi s'y introduire.

— Nous verrons quand nous y serons, dit le Calishite. Avec les patrouilles sur le qui-vive, c'est loin d'être du tout cuit.

— D'un autre côté, reprit Tristan, la soldatesque du Haut Roi ne semble guère populaire.

— Restons cachés le plus possible, conseilla Pawldo. J'ai pu vous sortir une fois de la mélasse, mais ce n'est pas une raison pour tenter le sort.

— A propos, dit le prince, comment as-tu hypnotisé ces ogres ?

Non sans fierté, Pawldo raconta son entrée dans le corps de garde et son utilisation fort judicieuse des cristaux de Thay.

— Maintenant, à votre tour, mes lascars ! conclut-il. Qu'aviez-vous fait pour être jetés en prison ? Auriez-vous arraché un bébé du sein de sa mère ? Ou vous seriez-vous permis des privautés avec la ravissante fille d'un seigneur local ?

— Rien de tel, le « rassura » Tristan.

Il raconta l'assassinat du roi Kendrick, et leur mission à Alaron. Non sans hésiter, il décrivit le château de la reine Allisynn et la prophétie.

— Je suis désolé pour ton père, dit le petit homme.

Tristan s'aperçut que les récentes péripéties lui avaient fait oublier son deuil.

— Si seulement ce démon de Razfallow ne nous avait pas filé entre les doigts ! fit Daryth. En tout cas, nous avons porté de rudes coups à sa bande de malfaisants.

— Et nous n'avons pas dit notre dernier mot, ajouta Tristan.

— Surtout avec ton plan subtil ! railla Pontswain.

— Personne ne t'a supplié de venir ! se défendit le prince.

— Non, car c'était ma décision. Maintenant, je me demande dans quelle nouvelle folie tu nous entraîneras.

— Pontswain, ce combat est le mien. J'en fais désormais une affaire personnelle. Tu n'as rien à y voir ! Si des problèmes urgents requièrent ta présence ailleurs...

— Absolument. Et les problèmes en question concernent notre royaume. Je veux qu'il redore son blason. Si je suis couronné, je ne doute pas qu'il retrouvera sa splendeur d'antan. Sous ta houlette aussi, peut-être. Mais jusqu'à présent, rien ne le prouve !

Rouge de colère, Tristan fit mine d'empoigner son arme. Pontswain resta curieusement calme.

— Oh, tu manies mieux l'épée que moi. Mais côté intelligence et réflexion... c'est autre chose !

Tristan maîtrisa sa fougue. La remarque l'affectait plus qu'il n'aurait cru. Elle frôlait la vérité. Quel plan avait-il à proposer ?

Rien de viable ni de sensé...

— Grâce à ton incommensurable sagesse, peut-être que j'apprendrai ! cracha-t-il avant de tourner le dos à Pontswain.

Même à ses propres oreilles, l'envoi sonnait creux.

— Sur ces bonnes paroles, reposons-nous, conseilla Daryth.

Tous roulèrent dans leurs couvertures respectives. Irrité, Tristan pensa aux remarques cinglantes qu'il aurait aimé lancer à son rival.

Puis, sa colère retombée, pour la première fois, il cessa de voir Pontswain comme un adversaire : après tout, ce seigneur agaçant et arrogant désirait vraiment le bien du royaume.

La pensée perturba le prince.

*
* *

La nuit suivante, ils chevauchèrent vers le nord, gagnant des régions sauvages où il leur fut aisé de s'abriter. Le soir, ils atteignirent la forêt de Dernall.

Sous les frondaisons, ils se détendirent.

Soudain, Canthus gronda... et ce fut l'attaque !

Le sol se nimba d'une lueur insolite, aveuglant la petite troupe.

— Plus un geste, étrangers !

Ses yeux s'accoutumant à la lumière, Tristan dénombra des dizaines de silhouettes, armées d'arcs. Le cercle menaçant se resserra.

Ils étaient de nouveau prisonniers !

*
* *

— Le caillou noir n'est plus là, fit Newt, misérable. On l'a pris, et c'est de ma faute !

— Allons, le réconforta Genna, tu nous as beaucoup aidés en l'emportant hors du bosquet. Tu n'es pas responsable.

Robyn caressa la tête du dragon : c'était la première fois qu'il se montrait contrit.

Genna s'adressa aux créatures de bonne volonté assemblées autour du chalet — dont Kamerynn et Grognon — pour apaiser les craintes et éviter les frictions entre leurs races.

— Newt, Yazilliclick, continua la Haute Druidesse, vous veillerez sur le bosquet en notre absence. Les autres druides seront bientôt là. Vous leur direz où nous sommes parties. D'accord ?

L'esprit follet acquiesça.

— Pourquoi dois-je rester ? gémit le dragon.

— Nous avons besoin de toi ici, dit Robyn. Il faut que tu nous aides.

Newt se fit une raison.

Les druidesses se préparèrent. Puis elles se rendirent à la Source de Lune, où affluait la puissance divine.

— Petite, dit Genna, tu dois te concentrer comme jamais : ta jeunesse et ton manque d'expérience rendent l'aventure plus dangereuse encore.

— Je comprends.

— Si la situation n'était pas si grave, jamais je ne te ferais courir de tels risques. Je fonde tous mes espoirs sur ton talent naturel. Serre ton bâton et écoute...

Genna chuchota.

Yeux clos, Robyn imagina les lignes élancées et les serres d'un aigle. Sa transe fut telle qu'elle ne sentit pas son corps se transformer.

Etendant ses longues ailes pour compenser le changement subit de son centre de gravité, elle se vit quitter le sol.

Puis elle comprit : devenue un aigle, elle volait !

*
* *

Mis au secret, enchaîné au mur de sa cellule, Alexei sentait sa raison l'abandonner au fil des jours.

Comment repousser la folie ?

Quelques heures après sa disgrâce, Cyndre lui avait rendu visite, flanqué d'un bourreau. Ce dernier avait brisé les os des mains du prisonnier en prenant tout son temps.

Les phalanges s'étaient ressoudées n'importe comment, lui laissant des doigts déformés et crochus.

Alexei ne lancerait plus de sorts.

La douleur calmée, la haine devint sa compagne.

A coup sûr, le roi et Kryphon l'avaient trahi.

Quant à Cyndre... Imaginer sa mise à mort le réconfortait.

Ce démon avait entouré sa cellule d'un cône de silence.

Pourquoi Cyndre le laissait-il en vie au lieu de se débarrasser de lui ?

Alexei se souvint de l'autel d'Hobarth... et il comprit.

Au retour du prêtre maudit, il serait sacrifié à Bhaal.

*
*\ *

— Bienvenue, voyageurs !

Avec grâce, un homme sauta d'un arbre pour atterrir dans le cercle de lumière. En braies brunes et en tunique verte, il n'avait pas l'air hostile.

— Vous devriez être sur vos gardes, mes lascars. Traverser la forêt de Dernall par une nuit sans lune !

— Peut-être auriez-vous la bonté de nous escorter ? ironisa Tristan.

— Ah, ah ! De l'audace ! J'aime ça ! Vous délester de vos bourses sera un plaisir !

Tristan fut en partie soulagé. Ces bandits n'étaient pas à la solde du Haut Roi ni de ses mercenaires. Néanmoins, ce n'était pas non plus une bande de gueux en maraude : la discipline de ces archers valait bien celle de vétérans en campagne.

De plus, ils avaient des magiciens dans leurs rangs.

Ces gens n'étaient pas des enfants de chœur.

— Maintenant, mes seigneurs, ayez l'amabilité de nous remettre vos bourses... Nous en prendrons grand soin.

Tristan et Daryth n'avaient pas grand-chose à perdre. Pawldo, en revanche... Après une année de négoce lucratif — les cristaux de Thay — il devait crouler sous les pièces d'or.

— Puis-je savoir quels coffres seront gonflés par cet argent mal acquis ? demanda Tristan.

— Mal acquis ? Ciel, vous me peinez, messire ! Considérez votre... participation... comme un droit de passage, acquitté pour vous préserver des infâmes mercenaires du roi ! Les coffres en question sont ceux de Hugh O'Roarke... pour vous servir !

Le nom n'éveilla aucun écho chez Tristan.

— Nous ne sommes pas davantage des amis de votre roi, protesta-t-il. Nous traversons la forêt précisément pour échapper aux brutes que vous mentionnez.

— Seriez-vous des fugitifs ?

— Ça se pourrait... En échange du libre passage et d'informations, je vous remettrais même volontiers une bourse pleine d'or.

Tristan parlait de celle prise au capitaine du corps de garde, que Pontswain avait tué.

— *Eh !* protesta Pawldo à mi-voix. Comme tu y vas avec mon argent !

— Silence ! chuchota le prince.

— Des voyageurs en mission ? Voyons un peu la couleur de votre or... Ensuite, nous discuterons.

— Il est dans le sac de mon écuyer. Pawldo...

Maugréant des imprécations dans sa barbe, le petit homme s'exécuta.

L'or scintilla.

— Très bien, sourit le hors-la-loi. Vous avez droit à notre protection. Du reste, avec vos belles armes, votre place est toute désignée parmi nous, mes gaillards...

Cela inquiéta Tristan plus que tout.

Les laisserait-on repartir, ses compagnons et lui ?

*
* *

Le sorcier se détourna du miroir et traversa la salle du conseil à grandes enjambées.

Le prince s'était échappé !

Cyndre se ressaisit. La colère était mauvaise conseillère. Tôt ou tard, il tiendrait ce jeune arriviste à sa merci ! Une fois débarrassé de lui, il pourrait étendre son pouvoir. Callidyrr lui paraissait déjà trop modeste. Corwell était la prochaine étape logique.

Devait-il se méfier de la prophétie de Bhaal au sujet du prince de Corwell ? Signifiait-elle davantage que ce qu'il avait voulu entendre ? Le prince contrarierait-il les plans ambitieux du conseil des Sept ? Etait-ce le décret du destin ?

Bien sûr que non ! Jusqu'ici, le jeune faquin avait eu une chance insolente. Quant à Razfallow, il avait échoué une fois de trop. Il en paierait le prix — après l'élimination du prince.

Cyndre convoqua Kryphon et lui exposa ses projets.

— Le prince s'est échappé de Llewellyn. Rends-toi là-bas. Quand je l'aurai repéré grâce à la claire-vision, je t'avertirai pour que tu te lances à ses trousses sans perdre une minute.

— J'aimerais emmener Doric. Ses dons pourraient être très utiles.

— Entendu. Kryphon...

— Maître ?

— Veille à ne pas me décevoir...

CHAPITRE XI

DONCASTLE

Observant la technique qu'employait Genna pour planer sur les courants aériens, Robyn maîtrisa vite son nouveau corps.

Voler était une sensation enivrante !

Puis elle baissa les yeux.

Au loin, elle aperçut une traînée noirâtre. Des squelettes d'arbres se dressaient, pathétiques, dans l'air lourd et nauséabond.

L'armée tuait la terre qu'elle foulait. Et elle se dirigeait vers la Source de Lune !

Sous le regard d'aigle de Robyn, des centaines de créatures minuscules à la démarche saccadée caractéristique cheminaient en compagnie de firbolgs.

L'esprit des forêts qu'ils traversaient semblait crier sa souffrance.

La puanteur de la mort empoisonnait l'air.

Genna plongea en piqué ; sa nièce la suivit, virant au dernier instant sur une aile, pour atterrir à son tour.

Les druidesses reprirent forme humaine. Bâton en main, Robyn se leva.

Genna avait choisi une colline presque nue. Les zombies seraient gênés par le terrain rocailleux et peu d'arbres souffriraient du duel surnaturel qui se préparait.

— Attention, Robyn : ne recours à ton bâton qu'en cas d'absolue nécessité. Ce sera notre dernier atout. Cette nuit, il s'agit de harceler l'ennemi.

— Et ensuite ?

— Ensuite, nous filons. A mon signal, transforme-toi de nouveau et nous rentrerons au bosquet en toute hâte.

L'avant-garde apparut. Les druidesses lancèrent un sort de protection : sans en changer l'aspect ou la souplesse, il rendit leur peau dure comme l'écorce d'un chêne centenaire.

Elles espéraient ne pas en venir au corps à corps avec les monstres, mais mieux valait parer à toute éventualité.

Genna tendit à sa nièce des herbes séchées : toutes deux s'en frottèrent les lèvres et les narines. Ainsi pourraient-elles supporter la puanteur de l'ennemi.

Quand les premiers zombies gravirent la colline, Robyn fut atterrée. Elle avait cru que rien ne pouvait être pire qu'Akène marchant sur elle, le cou brisé...

Quelle naïveté !

Les monstres avaient toutes sortes de pigmentations cadavériques : noires, grises, voire verdâtres. On apercevait l'os sous les chairs pourries. Beaucoup n'avaient plus d'yeux ni d'oreilles. Il leur manquait souvent des membres.

Les squelettes ambulants suivaient. Robyn comprit qu'elle avait sous les yeux les morts de l'an passé. Elle revoyait les longues tresses blondes des Nordiques barbus... et les vaillants défenseurs. Ces guerriers étaient rappelés d'outre-tombe pour livrer de nouveau bataille — pour l'ennemi cette fois.

Les monstres semblèrent hâter le pas vers les druidesses, comme s'ils sentaient leur présence. Obéissaient-ils à un ordre ou l'instinct les poussait-il à attaquer tout être humain présent sur leur chemin ?

Robyn retint un hurlement d'épouvante ; rien ne devait troubler la concentration de la Haute Druidesse.

Genna lança un mot de pouvoir : le sol trembla ; les pierres déstabilisées roulèrent, toujours plus nombreuses, toujours plus grosses...

Leurs victimes ne poussèrent aucun cri, mourant écrasées... pour la seconde fois. D'autres zombies étaient trop *endommagés* pour continuer.

Mais des centaines grimpaient encore. Le premier qui menaça Robyn fut touché par un gland magique et s'enflamma. La jeune femme bombarda les monstres, tandis que Genna entonnait un nouveau sortilège.

Un mur de feu de vingt pieds de haut surgit. Maints squelettes volèrent en fumée.

A l'intérieur du cercle de flammes magiques, Robyn ne ressentit aucune chaleur.

Genna entraîna son élève au cœur de l'armée maudite ; le cercle se déplaça avec elles, jusqu'au bas de la colline.

Soudain, le feu mourut, comme une chandelle qu'on mouche.

— Que se passe-t-il ? cria Robyn.

— Je l'ignore ! Quelque chose a...

Derrière les morts-vivants, Genna aperçut une silhouette massive. Robyn remarqua sa démarche, différente des autres.

— Fuyons ! siffla Genna. Transforme-toi *maintenant* !

Robyn hoqueta : un homme vivant, au milieu de ces monstres !

La terreur la saisit. Genna s'interposa pour lui faire un écran de son corps et lui permettre de se métamorphoser. Respirant à fond, la jeune femme se força au calme. Yeux clos, elle sentit son centre de gravité changer... Elle était devenue un quadrupède : une louve grise !

Genna commençait sa transformation quand des monstres l'atteignirent.

La louve gronda.

— Fuis, Robyn, tant que tu le peux encore !

Galvanisée par sa fureur, la louve sauta à la gorge des assaillants, enfonçant ses crocs dans leur chair putride.

Genna métamorphosée, Robyn rompit son attaque pour la rejoindre.

Tels deux fantômes, elles filèrent entre les jambes des zombies et ne ralentirent pas avant d'avoir atteint le bosquet sacré.

*
* *

— *Kralax withyss, torral.*

Sous l'effet combiné des sortilèges de Kryphon et de Cyndre, l'air miroita : Doric et le jeune homme furent transportés de Caer Callidyrr à de nombreuses lieues au sud, dans une écurie.

Leur apparition tira de son assoupissement le tueur qui s'y trouvait.

— Il est bon de te revoir, mon ami, sourit Razfallow.

— Un plaisir partagé, fit Kryphon. Mais rendors-toi. Je t'expliquerai plus tard de quoi j'ai besoin.

Loin du maître, Alexei bientôt éliminé, Kryphon sourit de satisfaction : Doric était toute à lui ! Il rabattit le capuchon de sa compagne, dévoilant ses cheveux noirs et ses yeux verts. Presque aussi grande que lui, elle était mince comme une liane.

— Ma jolie, tu me serviras désormais — moi et personne d'autre. Un pouvoir inimaginable sera bientôt nôtre !

Doric cessa de sourire et le toisa avec froideur. L'envoûtement que Kryphon avait lancé sur elle ne fonctionnait plus ! Néanmoins, elle n'avait l'air ni furieuse, ni malheureuse.

— Tu n'as encore aucun pouvoir de ce genre, dit-elle. Mais peut-être nourrissons-nous les mêmes ambitions, toi et moi...

Elle se blottit contre lui.

Leur mission pouvait attendre.

*
* *

— C'est modeste, mais confortable, annonça Hugh O'Roarke avec sa gouaille coutumière.

Il désignait une vallée encaissée.

— Je ne comprends pas, dit Tristan. Où est Doncastle ?

— Mais là, sous vos yeux ! sourit le hors-la-loi.

La vallée était couverte de forêts où sinuait une rivière.

— En fait, nous habitons surtout au sommet des arbres ! précisa le chef des bandits.

— Je n'en avais jamais entendu parler... Comment peut-on vivre dans des arbres ?

— Quand on ne rentre pas chez soi ivre mort... ça n'a rien de sorcier ! Et c'est très pratique pour échapper aux troupes du roi.

— Vous avez tenu tête à ses armées ? s'étonna Pontswain.

— Certainement ! Ses légions ont déferlé dans notre vallée, mais nous étions prêts. Ce fut un massacre — pour l'ennemi ! Depuis, Carrathal ne nous a plus inquiétés.

Le bandit semblait en rajouter quelque peu... Le prince doutait qu'il dise l'entière vérité. « L'armée du roi » devait être en réalité un petit détachement.

— Des « légions », hein ? reprit Pontswain, se faisant l'écho des doutes de Tristan.

Hugh se renfrogna, puis haussa les épaules sans rien ajouter.

Le groupe passa sous de grands chênes aux pieds débroussaillés, ce qui facilitait les déplacements. Mais loin de la piste, le sous-bois avait au contraire prospéré. Tout intrus serait donc forcé d'emprunter cette voie sans en dévier...

— Le fleuve Cygneline, annonça l'ancien seigneur quand ils en longèrent la rive... Et voici le Portail du Druide.

Tristan remarqua pour la première fois les habitations, reliées entre elles par des passerelles. De la fumée s'échappait de cheminées habilement camouflées. Les cabanons construits sur les branches et les huttes adossées aux troncs se fondaient si bien dans le décor qu'à première vue, on les prenait pour des excroissances végétales.

Ils arrivèrent dans la « ville » ; les habitants hochaient parfois la tête en croisant Hugh. Tristan vit fort peu de femmes ou d'enfants.

Puis ils mirent pied à terre ; on emmena les chevaux.

— Nous devons rester sur le qui-vive, dit O'Roarke. On ne sait jamais quand une attaque se produira.

— Pourquoi le roi vous harcèle-t-il ?

— Dites plutôt que vous aimeriez savoir pourquoi je suis devenu un bandit ! (Tristan haussa les épaules.) Je ne l'ai pas toujours été. Naguère, j'étais un seigneur loyal de Callidyrr. Mon fief, sans être important, était prospère. Le roi décréta que mes terres seraient mieux administrées par un de ses laquais, à la solde de son sorcier. Il s'est emparé de mes biens, de ma famille... Il ne m'a rien laissé. Seule la bonne fortune m'a empêché de tomber dans ses filets, car ce jour-là, j'étais parti chasser. Quand je revins, des troupes occupaient mon château. On m'apprit que j'avais été déclaré hors la loi et ma sœur, emmenée à Caer Callidyrr. Est-elle encore en vie ? Je l'ignore. Je restais seul au monde...

« Puisque le roi me déclarait hors la loi, pourquoi le faire mentir ? C'est donc ce que je suis devenu, ne vous en déplaise.

— Combien d'autres seigneurs le monarque a-t-il dépouillés de leurs terres ?

— Qui sait ? Certains ont disparu, d'autres furent assassinés dans leur lit... Les meurtriers à la solde de notre bon roi n'opèrent pas seulement à Callidyrr, paraît-il.

Tristan hésita ; s'il se confiait, peut-être O'Roarke se joindrait-il à lui pour obtenir vengeance et réparation.

— C'est la raison de notre venue à Callidyrr. Nous voulons défier le roi et l'obliger à s'expliquer !

— Inutile, lâcha Hugh. Les assassins ne sont pas les pires.

— Comment ça ? s'inquiéta Pawldo.

— Sept sorciers ont juré fidélité au roi. Le plus puissant, Cyndre, est redoutable.

— Néanmoins, nous ne renoncerons pas à notre mission, insista Tristan.

— Nous verrons bien, pas vrai... ? fit le chef des bandits, après l'avoir longuement dévisagé.

*
* *

Les louves grises atteignirent enfin le cours d'eau qui délimitait le bosquet sacré. Pantelantes, elles s'allongèrent, puis reprirent forme humaine.

— Allons, Robyn, viens, il y a encore beaucoup à faire... Merci. Aucune de mes initiées ne s'en était sortie aussi bien que toi. Tu accompliras des prouesses pour la déesse. En ces temps sombres, notre cause a besoin de tous ses défenseurs. Cette fois, j'ignore si nous l'emporterons sur les forces du mal...

Robyn suivit sa tante.

— Cet homme... qui était-ce, Genna ? Que faisait-il au milieu des zombies ?

— J'ignore de qui il s'agit. Mais il possède indéniablement un grand pouvoir.

— Alors... ce serait *son* armée ?

— Oui, je pense. Sa magie a vaincu la mienne avec une singulière aisance.

— Que faire ?

— Que faire ? Nous battre, ma chère !

Les deux femmes retrouvèrent Isolde la première, maîtresse de Valhiver. Elancée et d'un abord sévère, elle avait une crinière rousse dont les mèches rebelles s'échappaient de sa capuche.

Genna l'étreignit avec ferveur.

— Isolde, mon amie, merci d'avoir répondu à mon appel ! J'ai besoin de ton aide !

— Je suis venue le plus vite possible. Que se passe-t-il ?

— Viens avec nous devant la Source de Lune et tu sauras tout. D'autres sont-ils déjà là ?

— Oui, une dizaine environ. L'esprit follet nous a dit que tu étais partie au sud.

Intimidée, Robyn restait en retrait. Cadette de l'ordre druidique, elle n'avait jamais assisté à un conseil.

A l'arrivée de Genna, tous s'inclinèrent, une prière sur les lèvres.

Au lieu d'un rituel dramatique et d'une harangue inspirée, Robyn entendit sa tante rapporter simplement les faits alarmants en soulignant l'imminence du danger. Puis elle recommanda de s'occuper sur-le-champ des défenses.

Robyn dressa de hautes haies d'épines entre les arbres et les buissons, barricadant les trouées et cernant les clairières.

Newt et Yazilliclick montèrent la garde.

Genna renvoya au nord les bêtes réfugiées, ne

gardant que les loups, les renards, les belettes et les blaireaux aux dents aiguisées, ainsi que les ours.

Des nuées de faucons, de chouettes et d'oiseaux noirs s'en furent voler au-dessus de l'armée en marche.

A la fin du jour, trente druides avaient rejoint le bosquet sacré.

Le combat s'engagerait la nuit même.

*
* *

Heureux de voir le cœur de Kazgoroth aux mains d'Hobarth, Bhaal quitta son bain de lave.

Il lui tardait de goûter au sang de la jeune druidesse.

Cela porterait un rude coup supplémentaire à l'ordre des druides. Quand les nouveaux dieux domineraient le Ppeuple, leur panthéon serait établi.

Bhaal le présiderait.

CHAPITRE XII

PROFANATION

— Ils arrivent ! s'écria Yazilliclick. Newt, réveille-toi ! (Le dragon cligna des yeux.) Courons prévenir Genna !

— Attends ! J'ai une meilleure idée... On va bien s'amuser !

Et il fila vers l'armée, invisible.

— Non ! implora l'esprit follet.

Agité de spasmes, les oreilles et les antennes frémissantes d'indécision, il se rendit invisible à son tour et s'élança derrière son incorrigible ami, dont il discernait les contours.

Tremblant comme une feuille, il le rejoignit sur un éboulis.

— Regarde, chuchota le dragon.

Un humain énorme sortait de l'obscurité pour avancer vers eux. Aux yeux de Yazilliclick, tous les humains étaient de gros balourds, laids à faire peur. Mais celui-ci était d'un répugnant exceptionnel ! Des replis de graisse étouffaient son cou, et il avait de grosses verrues sur le nez.

Newt bondit ; comme tiré de sa transe, le mort-vivant hésita. Il *voyait* le dragon invisible !

Des flammes bleues jaillirent du sol ; une main squelettique apparut pour saisir le monstre à la cheville.

Celui-ci marcha dessus sans sourciller et l'illusion s'évanouit. Puis il pointa un index vers Newt.

Alors que l'éclair magique fusait, le zombie s'arrêta pour arracher un minuscule dard de son épaule. La diversion sauva Newt : l'éclair détourné carbonisa un squelette.

Le dragon s'envola sans demander son reste.

— Tu as vu ça ? gémit-il. Il m'a ignoré ! Il n'a même pas ralenti ! Mais je n'ai pas dit mon dernier mot !

Yazilliclick lui serra les mâchoires dans un étau difficile à rompre et le traîna à sa suite, battant des ailes frénétiquement.

Tout du long, Newt proféra des gémissements indignés.

*
* *

Tout le jour, puis une bonne partie de la nuit, les druides avaient travaillé à dresser des barrières.

L'heure d'affronter l'ennemi avait sonné.

— Il faut repérer le prêtre, dit Genna. Ce ne sera pas facile. Il laissera ses créatures se battre à sa place, bien entendu. Mais le frapper, c'est décapiter son armée. A mon avis, ce sera notre seule chance de vaincre.

« Mes frères, mes sœurs, joignez-vous à moi dans la prière. Puisse la déesse nous insuffler la force de survivre à cette terrible épreuve.

Et qu'elle nous donne la victoire, songea Robyn.

Les défenseurs s'étaient partagé le terrain ; Genna, Isolde et Grognon tiendraient le centre du bosquet.

Les autres, également répartis autour du cœur sacré,

avaient nom Ryder Vertefeuille, venu de l'ouest de Gwynneth, Gadrric Valprofond, du nord, Eileen Hautetremble, qui jouerait les messagères et prêterait main-forte au besoin...

Quant aux bêtes, elles aussi étaient décidées à vendre chèrement leur peau.

Robyn se battrait au côté de Kamerynn, Newt et Yazilliclick. Elle avait insisté pour ne pas être reléguée à l'arrière. Genna avait cédé à contrecœur. Investi de la puissance divine, son bâton blanc, avait rappelé l'aimée de Tristan, pourrait faire la différence entre la défaite et la victoire.

Si la magie échouait, les disciples de la déesse se battraient à mains nues.

Ils feraient l'impossible pour sauver la Source de Lune de la profanation.

*
* *

L'adolescent finit par tout raconter.

Son maître, le patriarche Trevor, s'était révélé trop coriace, même pour un tueur de la trempe de Razfallow. Il était mort sous la torture, une prière aux lèvres.

— Où sont-ils allés ? répéta l'hybride, menaçant le gamin de sa lame ensanglantée.

— La forêt, au nord ! hoqueta Cowan. Il leur a donné une carte de la forêt de Dernall !

— Encore ! souffla Doric, près de Kryphon. Lacère-le encore !

Ses yeux pétillaient d'excitation.

Le sorcier et le tueur échangèrent un regard.

— Allons, enfant, tu as assez souffert, continua Razfallow. Dis-nous la vérité, et nous te laisserons la vie sauve.

— Je *dis* la vérité ! sanglota Cowan. L'un d'eux était gravement blessé, et mon maître l'a soigné.

— Quand sont-ils repartis ?

— Ils étaient là il n'y a pas trois nuits ! En vous dépêchant, vous les rattraperez !

Un peu d'espoir perçait sous la terreur du malheureux.

— Quel chemin ont-ils pris ?

— Je l'ignore ! Mon maître ne m'a rien dit !

— Très bien, dit Kryphon, se détournant.

— Maintenant ? souffla Doric.

Préoccupé, le sorcier hocha la tête et s'éloigna.

Il n'entendit pas les cris pitoyables du gamin. Razfallow le tua à petit feu pour le plus grand plaisir de Doric.

Quand l'adolescent expira, Kryphon avait mis un plan au point. L'irruption de sa compagne l'arracha à ses cogitations. Pantelante, elle se pressa contre lui.

Tandis que le tueur montait la garde, tous deux s'isolèrent quelques instants. Leur étreinte fut aussi brève qu'explosive.

Puis, pour finir en beauté, Doric pointa les doigts vers la petite chapelle, une incantation aux lèvres.

Une boule de feu réduisit l'édifice en cendres, incendiant la nuit. Kryphon eut l'impression de voir un immense crâne brûler de l'intérieur : les fenêtres étaient des orbites rougeoyantes, la porte, une bouche figée sur un hurlement.

Doric était extatique.

Soudain dégoûté, Kryphon la secoua sans ménagement et soutint son regard noir.

— Partons ! aboya-t-il.

Se dégageant, la jeune femme s'éloigna à grandes enjambées.

*
* *

Le malaise de Robyn augmentait de minute en minute. Que la Source de Lune pût être profanée la remplissait d'épouvante. D'épais nuages dérivaient dans le ciel.

Le premier avertissement fut un envol d'oiseaux : faucons, aigles et hiboux.

Près d'elle, Robyn vit sa tante blêmir, une main crispée sur son sein. Puis la Haute Druidesse psalmodia une prière.

Le sol vibra ; un élémental de terre apparut. Créature primaire ou non, ce n'en était pas moins un allié formidable. Ses membres avaient la grosseur de troncs d'arbres.

— Tourne-toi et attaque ! ordonna Genna.

Arracher ces êtres à leur royaume de terre et de roc n'était pas un mince exploit : il fallait être un druide de haut niveau pour y prétendre.

De deux fois la hauteur d'un homme, l'élémental faisait penser à une petite montagne en marche.

*
* *

Tristan et ses compagnons passèrent la journée à se reposer dans une auberge cossue. Le soir venu, ils explorèrent la ville avec l'aval d'O'Roarke.

De bien des façons, Doncastle était à l'image des autres communautés du Ppeuple. Plusieurs auberges comptaient un harpiste ou un ménestrel pour distraire les clients. La nourriture y était aussi simple que bonne. Un forgeron battait le fer avec entrain, secondé par deux apprentis. La senteur des teintures et de la laine fraîche était aussi délicieusement familière.

Près du cœur de la ville, un ruisseau courait se jeter dans le fleuve Cygneline. Un moulin à eau avait été construit, muni d'une grande roue à aubes.

Les habitants semblaient ne pas rechigner à la tâche. Amicaux, ils accueillaient volontiers les étrangers venus de Gwynneth. Le boulanger leur offrit du pain frais ; le forgeron proposa d'affûter leurs lames ébréchées.

Maints logements étaient de plain-pied ; d'autres se confondaient habilement avec la flore ou avaient été creusés sous terre. La similitude avec les logis des petites gens était frappante.

Un véritable réseau de passerelles reliait la cité au sol.

— C'est idéal pour la défense, remarqua Daryth.

— Ou une embuscade, ajouta Pawldo. Un assaillant n'y verrait que du feu, avant que les flèches se mettent à tomber dru !

— Tout ça est incroyable ! renchérit Tristan. Tant de gens vivent ici, bien à l'abri ! Et ils prospèrent !

— C'est vrai, dit le petit homme. Quoiqu'il manque certains conforts dont j'aurais du mal à me passer...

Dans les auberges, les menus se limitaient à du gibier arrosé de cervoise.

— Pourquoi devraient-ils se cacher ? s'écria le prince, ulcéré. Ce sont d'honnêtes gens, serviables et industrieux. Qu'un roi les condamne à l'exil n'est pas juste !

— L'exil... ou pire, marmonna Daryth.

— Nous devrions parler de notre mission à O'Roarke, déclara Tristan. Nous pourrions le persuader d'épouser notre cause, qui sait ?

— C'est de la folie ! objecta Pontswain. L'homme est un bandit, indigne de confiance ! L'oublieriez-vous ?

— Qu'il soit un gredin, c'est entendu. Mais son but et le nôtre ne sont-ils pas le même ? Mettre un terme aux agissements de ce roi scélérat ?

— Pontswain n'a pas tort, intervint Daryth. Plus long ce bandit en saura sur nous, plus il deviendra dangereux.

— Et toi, Pawldo ? demanda Tristan. Qu'en penses-tu ?

— Je crois que le jeu en vaut la chandelle. Aller

reprocher au Haut Roi d'avoir fait assassiner ton père, Tristan, est une gageure. O'Roarke paraît être une aubaine pour nous.

— Vous n'en ferez qu'à votre guise, de toute façon, lâcha Pontswain, dégoûté. Néanmoins, c'est de la folie, je le répète !

— Espérons que tu te trompes...

A cet instant, un adolescent vint leur porter l'invitation à dîner de son maître.

Au crépuscule, O'Roarke les accueillit dans une auberge que les compagnons avaient repérée lors de leur promenade.

Une ménestrelle jouait de la harpe. Avec un pincement au cœur, Tristan repensa à sa mie, tellement plus jolie... Sans doute se prélassait-elle au soleil, dans les splendeurs végétales du bosquet sacré...

Ou était-elle inquiète comme lui du sombre avenir qui se dessinait pour les Sélénæ ?

Tristan voulait croire que la vallée du Loch Myr était à l'abri des attaques.

Mais tel un charognard patient, le doute ne le quittait plus.

— Voici Annuwyn, dit O'Roarke. C'est lui qui illumina votre chemin, l'autre nuit, dans la forêt !

Le magicien à la peau hâlée fit un signe de tête aux compagnons.

— Et voici Vaughn Burne, notre prêtre.

L'homme se leva et les salua à son tour. Le teint pâle, il avait des yeux brillants d'énergie.

— Je vous ai priés de nous rejoindre, continua O'Roarke, car j'aimerais que vous restiez.

Tristan sentit son cœur cogner sous ses côtes. La soirée n'aurait pas pu commencer plus mal !

— J'ai besoin d'hommes braves, continua l'ancien seigneur, tels que vous. La plupart se recroquevillent et braillent comme des veaux quand nous leur tombons sur le râble ! Nous savons que vous êtes d'une autre trempe. Rejoignez ma milice et, qui sait, vous gagnerez peut-être bientôt le droit de la commander. Malgré notre détermination et notre bravoure, nous manquons de guerriers expérimentés.

« De plus, vous serez en sécurité parmi nous. Vous fuyez la justice du roi ; à Alaron, vous ne serez nulle part hors de sa portée.

O'Roarke se raidit en voyant que ses hôtes ne saisissaient pas son offre à pleines mains.

— Seigneur, commença Tristan, pesant ses mots, je suis certain de parler pour mes compagnons en vous répondant que votre proposition nous honore, tout comme votre foi. Mais peut-être pourrions-nous vous rendre un plus grand service que de conduire vos braves au combat.

Impassible, O'Roarke attendit la suite.

— Nous avons pris la mer pour mener à bien une mission dans l'intérêt du Ppeuple... Je suis le prince Tristan Kendrick, de Corwell.

— Celui qui tua le Coureur des Ténèbres ?

Le jeune homme hocha la tête, et sentit peser sur lui le regard du prêtre. Vaughn Burne se tourna vers son seigneur pour lui adresser un signe de tête presque imperceptible.

— Mais comment êtes-vous devenu un hors-la-loi ?

— Mon père, le roi Kendrick, a été lâchement assassiné. Le conseil des seigneurs a décrété que son successeur serait le seigneur Pontswain ou moi. Tous deux, nous avons entrepris ce voyage pour prier le Haut Roi de nous départager. En chemin, nous avons été attaqués et séquestrés par ses troupes.

« Depuis, notre quête a pris un tout autre tour. J'ai toujours la ferme intention d'obtenir une audience auprès du Haut Roi, afin qu'il rende compte de ses agissements. Ensuite, je le tuerai !

— Vous êtes fou ! lâcha O'Roarke, éberlué.

Tristan rougit un peu.

— Avec votre soutien, nous y arriverons. Aidez-nous à rallier Caer Callidyrr ; nous nous chargeons du reste. Pensez aux bénéfices : le Haut Roi détrôné, vos terres vous seront rendues. Vous n'aurez plus à vous cacher dans la forêt, à l'affût de la prochaine attaque !

Hugh éclata de rire.

— Ciel, vous êtes vraiment fou ! Entendu, je vous laisse poursuivre votre chemin — à pied —, mais ne comptez pas sur moi.

En silence, Tristan maudit le gredin.

Le repas servi, tous s'attablèrent. Ils avaient presque nettoyé leur assiette quand un jeune homme crotté entra. O'Roarke le rejoignit et l'écouta murmurer.

Pâle de rage, il revint vers ses convives, les poings serrés.

— Ma sœur a été exécutée ! Elle était prisonnière, et le Haut Roi l'a fait mettre à mort !

Le silence tomba.

— Mais pourquoi ? souffla Tristan.

— *Pourquoi ?* Sans doute pour me forcer à sortir de ma retraite et à affronter sa maudite Garde Ecarlate !

C'était l'occasion de tirer profit de la tragédie. A quelque chose malheur est bon, disait-on.

— En ce cas, insista Tristan, aidez-nous et j'affronterai le Haut Roi.

— Et ensuite ? A supposer que vous y arriviez, qu'espérez-vous accomplir ?

— Déjà, je ferai d'une pierre deux coups : je vengerai votre sœur *et* mon père. Comment laisser tous ces crimes impunis ? Bon sang, aidez-nous !

— Etes-vous des assassins pour vouloir vous infiltrer dans son château et le poignarder dans son sommeil ?

— Je ne suis pas un tueur. Je ne l'occirai pas... de sang-froid. Je lui laisserai une chance de se défendre. Il devra croiser le fer avec moi... et payer ses crimes !

— Je vous répète que vous ne réussirez pas !

Découragé, O'Roarke s'effondra sur un siège.

— Nous ne sommes pas sans talent ni ressources, intervint Daryth à mi-voix.

— Non, mais vous êtes tombés dans l'embuscade grossière que nous vous avions tendue. Alors, les pièges de Cyndre... !

— Nous devons tenter notre chance, insista Tristan. Vous avez perdu votre fief et votre sœur, moi, mon père... et mon suzerain. Combien de désastres subirez-vous encore avant de vous décider à réagir ?

— D'accord, céda O'Roarke au bout d'un long silence. Mais à une condition : l'un de vous restera ici, garant de votre bonne foi. Je vous indiquerai mon meilleur agent à Callidyrr. S'il lui arrive malheur, vous aurez signé l'arrêt de mort de votre compagnon.

— C'est inacceptable... ! s'insurgea Tristan.

— Je reste, coupa Pontswain.

Interloqué, le prince le regarda, puis fronça les sourcils. Après tout, c'était la solution. Pontswain ne lui manquerait certes pas !

— Très bien..., s'inclina Tristan.

— Nous vous aiderons à vous déguiser, reprit O'Roarke, et à vous infiltrer à Callidyrr à bord d'une barque de pêche.

— Pourquoi une barque ? demanda Daryth.

— Parce que les remparts sont élevés, et les poternes gardées en permanence. Une embarcation retournant au port avec le même nombre de marins qu'à l'aller ne devrait pas éveiller de soupçons.

— Et une fois en ville ? s'enquit le prince.

— Mes agents feront leur possible pour vous. Devin vous fera entrer dans le château. S'il existe un moyen, il le trouvera !

— Quand partons-nous ? demanda Tristan.

— Demain, à l'aube. Je vous rendrai vos chevaux.

*
* *

Les oiseaux de proie fondirent sur l'ennemi.

Ils arrachèrent des lambeaux de chair et des membres pourris, sans que les morts-vivants cessent pour autant d'avancer.

Bientôt, les oiseaux tombèrent entre les mains décharnées des monstres, qui leur arrachèrent les ailes et les déchiquetèrent.

Quelques zombies ne se relevèrent pas de l'attaque. Mais leurs ennemis furent éliminés.

Et l'armée poursuivit son avance infernale... vers le bosquet de la Haute Druidesse et la Source de Lune.

*
* *

Les cavernes des nains luisaient d'un éclat verdâtre issu des lichens. Des stalactites pesaient sur le grand conseil comme autant de crocs. Des centaines de guerriers s'étaient assemblés. Trois nains presque identiques les haranguaient. La foule scandait « Finellen, Finellen, Finellen ! »

Celle-ci avança et conclut :

— Des nains noirs dans les Sélénæ ? Ils seront là dans cinq jours, tout au plus — mais nous les taillerons en pièces... ou je ne m'appelle plus Finellen !

Le tumulte n'eut plus de bornes.

Quand les cris retombèrent, chacun s'en fut s'équiper. Encore une heure, et tous seraient prêts à suivre leur championne sous la terre et la mer.

Ils ne reverraient pas de sitôt la lumière du jour. Ensuite, arrivés à destination, ils s'abattraient sur leurs ennemis, telles les foudres de la vengeance.

Il y aurait un carnage.

Les nains noirs ne perdaient rien pour attendre !

*
* *

Comme toujours, Robyn tirait réconfort et assurance du bâton blanc que lui avait légué sa mère.

L'oreille tendue, elle entendit les monstres traverser la rivière. Déjà, leurs effluves écœurants flottaient jusqu'aux narines de la jeune femme. Elle remercia la déesse de lui voiler tant d'horreur.

La Terre Mère insufflait au bâton une force que Robyn catalysait.

La fureur divine se manifesta sous la forme d'un mur de feu, créé par les autres druides.

Les monstres qui le traversèrent s'effondrèrent. Leurs restes noircis rappelèrent des statues en charbon.

Les squelettes tombèrent à leur tour.

Les « survivants », obéissant sans doute à un ordre, s'écartèrent de la fournaise. Les zombies tournèrent à gauche, les squelettes à droite : les remparts de feu ne faisaient pas le tour du bosquet. Il suffisait de les contourner.

L'élémental de Genna avança pour bloquer la route aux squelettes. Il en écrasa une dizaine d'un coup de poing massif.

D'où se tenait Robyn, la créature avait des allures de géant à peau rouge. Elle tuait les monstres plus vite qu'ils n'avançaient.

Puis des centaines de haches fendirent l'air et s'abattirent sur l'élémental, le taillant en pièces.

Les loups et les ours entrèrent dans la danse. Mais, dépassés en nombre, ils furent vite massacrés. Certains réussirent à fuir avec des plaintes pitoyables.

Les morts-vivants avaient franchi le mur de flammes !

Les druides battirent en retraite au cœur du bosquet.

*
* *

Entouré de trois mages — Talraw, Wertam et

Kerianow —, Cyndre scrutait le miroir où s'étendait une vaste région boisée, et des habitats superbement cachés. Seule la fumée s'en échappant çà et là trahissait leur position.

— Vous avez vu ce prince se jouer du meilleur de nos assassins, dit Cyndre. Kryphon et Doric le poursuivent. Espérons qu'ils feront mieux.

— Nous le savons à Doncastle..., dit Talraw, non sans hésiter. Pourquoi ne pas simplement tout détruire, et lui avec ?

Le sorcier répondit d'une voix douce... suggérant combien Talraw était stupide de ne pas penser lui-même à la réponse.

— Notre puissance ne suffira pas contre le Ppeuple. En apparence, nous devons rester les conseillers du Haut Roi — ni plus, ni moins. C'est à travers lui que nous nous arrogerons le pouvoir qui nous revient. Ensuite, nous serons libre d'agir à notre guise. Ce jour est proche. Un de vous doit veiller en permanence sur ce miroir. Il est hors de question de perdre de nouveau le prince de vue.

— Oui, maître, répondirent en chœur les sorciers.

— Il se pourrait qu'un visage apparaisse et vous observe à son tour... (Il le décrivit.) En ce cas, prévenez-moi, car je dois parler aux sahuagins.

CHAPITRE XIII

CALLIDYRR

Devant la Source de Lune, les druides reprirent leur souffle.

L'eau sacrée brillait.

Robyn jeta les bras autour du cou de Kamerynn. La présence de la Licorne lui mettait du baume au cœur.

— Ma tante, demanda Robyn, as-tu vu cet... humain ?

Le commandant d'une telle armée pouvait-il avoir conservé un semblant d'humanité ? La jeune druidesse en doutait.

— Son sortilège a détruit l'élémental. Notre barrière naturelle l'empêche peut-être d'entrer, car il l'a lancé depuis l'autre côté de la rivière.

— Une barrière ? s'étonna Robyn. Laquelle ?

— Nul ne peut la voir, hormis des êtres maléfiques comme ce prêtre. Néanmoins, je crains que son armée ait fait assez de dégâts pour la percer.

— Comment les morts-vivants l'ont-ils franchie ? demanda Eileen.

— Ces pauvres créatures sans cervelle ne sont pas mauvaises en soi. Tout au plus sont-elles les instruments du mal. Voilà pourquoi la barrière fut sans effet sur elles. La cruelle vérité, c'est que ce prêtre les a arrachées à tout ce qui leur restait : la paix éternelle. Elles n'aspirent qu'à retomber dans les bras de la mort.

Robyn n'aurait pas cru pouvoir éprouver de la sympathie pour de tels envahisseurs... Pourtant, après les explications de sa tante, elle se surprit à les prendre en pitié — et à haïr le plus monstrueux de tous : un prêtre capable de telles infamies.

— Retournons à nos postes, dit Genna.

Douze arches gardaient le sanctuaire de la Source de Lune. Les druides en avaient obstrué onze avec des ronces et des troncs.

Avant que Robyn regagne sa place, sa tante lui tendit des glands magiques et...

— Un baton-rune ? s'exclama la jeune femme.

Avec révérence, elle prit le talisman couvert de runes complexes. Genna les avait gravées à l'aide d'un couteau. C'était le plus beau présent qu'un druide pût offrir à un autre.

Robyn eut les larmes aux yeux.

— Je le chérirai toujours...

— Tu l'utiliseras aussi, j'espère, sourit Genna, avant de rejoindre Grognon à l'arche sud.

Robyn sentit un calme surnaturel l'envahir. Elle devait protéger le lieu le plus sacré des Sélénæ. Son détachement se mua en une rage glaciale.

Et la peur la quitta.

Soudain, la nuit parut plus noire encore.

— *Il* est entré, murmura-t-elle.

Comment elle le savait, elle n'aurait pu le dire.

Mais Robyn l'attendait de pied ferme.

*
* *

— Comment a-t-il pu s'échapper ? cria le roi Carrathal.

Otant la couronne de son front, il s'épongea avec un fin mouchoir de dentelle.

— Il est plein de ressources, admit Cyndre, haussant les épaules. Et il a une chance insolente !

Le roi fit les cent pas. Loin de s'arranger, la situation s'aggravait de jour en jour.

— L'usurpateur s'est réfugié à Doncastle, sire. Je vous avais adjuré de nettoyer la région de ce nid de rebelles. Maintenant, vous voyez combien c'est nécessaire.

— Il faut *agir* !

— Mon meilleur assistant est à ses trousses.

— Quand rattrapera-t-il le prince ?

— Très bientôt, j'en suis sûr. Sire, distrayez-vous ! Aimeriez-vous assister à une nouvelle exécution ?

Le roi secoua la tête. La mise à mort de Darcy O'Roarke l'avait tourmenté. Sur l'échafaud, elle avait juré que son frère la vengerait. A dire vrai, Carrathal redoutait autant le hors-la-loi et sa bande que l'usurpateur qui venait le détrôner.

*
* *

Comme s'ils avaient conscience de toucher au but, les zombies se hâtèrent.

Une main décharnée se tendit, avide, vers l'éclat laiteux de la Source de Lune.

Grognon se dressa en rugissant, l'arracha, puis déchiqueta son propriétaire. Il referma les mâchoires sur un squelette...

D'autres zombies se heurtèrent à Genna, que la déesse soutenait. La Haute Druidesse concentrait ses pouvoirs pour immobiliser les articulations inférieures des squelettes : rotules et têtes de fémur...

Toute leur magie utilisée, les druides se lancèrent dans le combat au côté des bêtes.

L'ennemi atteignit l'arche de Robyn. La jeune

femme n'était plus épouvantée par les orbites vides et les visages décharnés qu'elle avait sous les yeux. Ses glands magiques carbonisaient un monstre à chaque lancer.

Puis elle se servit de son bâton comme d'un gourdin pour faire voler les crânes en éclats. Kamerynn n'était pas en reste, lançant des ruades et transperçant les monstres de sa corne.

Les forces dévouées à la déesse tenaient en échec l'armée des ténèbres.

Les restes des cadavres ambulants s'entassaient au pied de Robyn.

Puis elle aperçut le prêtre au regard luisant de convoitise.

La langue qu'il passa sur ses lèvres épaisses rappela un serpent à la jeune femme.

Affolée, Robyn serra son bâton contre son sein. L'homme leva les mains, paumes vers la terre, et incanta.

Le sol se souleva ; dans sa chute, Robyn se cogna contre la pierre de l'arche et perdit connaissance.

*
* *

Dans le miroir magique, Kerianow regardait dormir le prince, à l'auberge de Doncastle.

Pourquoi ne pouvait-elle en faire autant ? Peste soit de la mauvaise fortune qui s'attachait à ses pas !

Son corps trapu et sans grâce, par exemple...

Dernière venue au conseil des Sept, elle était la bête noire des autres. Talraw et Wertam, en particulier, ne cessaient de la harceler.

Kerianow lutta contre le sommeil, repensant à Cyndre. Il l'avait remarquée à Eau Profonde et prise sous son aile protectrice, lui enseignant plusieurs de ses sorts. Grâce à lui, elle avait brûlé les étapes pour devenir une sorcière.

Le maître s'était montré d'une grande patience pour l'aider à réaliser son potentiel. Il lui avait appris que la compassion était le luxe des imbéciles. La puissance véritable ne se gagnait que par la cruauté et une détermination implacable.

L'assurance et le flegme de l'homme attiraient Kerianow. Sa maîtrise des êtres comme des choses l'excitaient.

Toute à ses rêveries, elle s'endormit.

Quand elle se réveilla en sursaut, l'aube pointait.

Et le prince de Corwell était parti.

*
* *

La barque de pêche rappela au prince le sort funeste du *Caneton Verni*, et l'aventure du château...

L'*Hirondelle* était moins grande et avait plus de bouteille.

Le capitaine attendait ses passagers, qui remplaceraient les deux marins, le petit homme et le chien qui avaient embarqué avec lui au matin. Ainsi, même Canthus n'éveillerait aucun soupçon.

Tristan tendit la main à O'Roarke :

— Notre mission achevée, nous reviendrons.

Le bandit parut surpris.

— Je suis certain que votre ami Pontswain y compte.

Le prince fit un bref signe de tête. Les motivations de son rival continuaient de l'intriguer. Il devait souhaiter sa mort, qui le laisserait seul candidat au trône de Corwell. Tristan se sentait trahi — plus qu'il ne l'aurait admis.

Ils cinglèrent les côtes d'Alaron. A l'ouest, la terre verdoyante et vallonnée était plus fertile que Gwynneth et plus peuplée.

Quelques heures plus tard, ils furent en vue de la Baie de l'Aiglefin, aux brise-lames impressionnants.

Derrière se dressait l'agglomération la plus importante des Sélénæ. Bruissante d'activité, elle était construite à flanc de colline, à l'abri de hauts remparts blancs.

Tristan apercevait des manoirs à colonnades — de fiers édifices — et imaginait leurs somptueux jardins. Puis ses yeux volèrent au sommet de la colline, vers le bâtiment qui dominait la ville. Toutes les descriptions au monde n'auraient pu le préparer à une telle splendeur : plus importante que la cité de Caer Callidyrr, la forteresse même s'étendait sur trois éminences. Semés de poternes et de ponts-levis, les remparts scintillaient au soleil.

Des étendards chatoyants flottaient aux plus hautes tours, proclamant le lignage du Haut Roi. A un angle du château, des fanions rouge sang claquaient au vent.

A l'arrière de l'édifice, Tristan remarqua une tour faite d'un matériau plus sombre que les autres. Malgré un soleil éclatant, elle semblait jeter une ombre singulière.

A l'approche du soir, des dizaines d'autres bateaux de pêche rentraient au havre.

Dans le port grouillant d'activité, on distinguait sans mal les uniformes de la Garde Ecarlate. Des officiers humains contrôlaient les équipages.

Canthus, Tristan, Daryth et Pawldo débarquèrent.

A l'instant où un ogre remarquait le groupe, une jolie jeune femme vint se jeter au cou du prince. Son baiser fit rougir le fils de Kendrick.

— Oh, Geoff ! Je m'inquiétais tant pour toi ! Mère a préparé un potage spécial en ton honneur ! Et viens avec tes amis...

Elle sourit chaleureusement à Daryth et à Pawldo, sans lâcher le prince. La fille devait avoir seize ans. La frimousse grêlée de taches de rousseur, elle avait de beaux yeux d'un marron pétillant.

Elle les entraîna loin de l'ogre, leur fit remonter plusieurs rues et poussa la porte d'une habitation... qu'ils traversèrent pour ressortir de l'autre côté, puis parcourir d'autres rues et allées au pas de course avant d'atteindre leur véritable destination, loin du regard des gardes.

Elle les guida dans un cellier secret, truffé d'alcôves renfoncées.

Un homme d'âge mûr se détourna de son atelier pour les accueillir.

— Je suis Devin, et voici ma fille Fiona, dit-il. Nous avons appris hier votre venue. Désolé, mais nous ne pouvons pas mieux vous loger en ces circonstances.

— Vous avez déjà fait beaucoup pour nous, dit Tristan. Comment vous prouver notre gratitude ?

— En faisant ce que vous êtes venus faire afin de repartir le plus vite possible et de nous laisser en paix, ma fille et moi. J'obéis au seigneur O'Roarke, un point c'est tout.

— Très bien. Nous repartirons au plus vite.

La loyauté de Devin envers son ancien maître intriguait Tristan. L'homme prenait de grands risques.

Comme s'il lisait dans les pensées du fils de Kendrick, celui-ci expliqua :

— J'étais le capitaine de la troupe d'O'Roarke. Quand la Garde Ecarlate imposa sa tyrannie, mes hommes résistèrent... et le payèrent de leur vie. Nous fûmes une poignée à en réchapper vivants : O'Roarke lui-même, Fiona, moi et quelques autres. Si vous parvenez à restituer ses terres à notre seigneur et à détrôner la poupée maléfique qui nous tient lieu de roi, alors, c'est de bon cœur que je prendrai tous ces risques. Mais si vous complotez la perte de mon maître, soyez sûrs que je le vengerai !

La menace prit Tristan de court. Il retrouva pourtant sa voix :

— Les objectifs de votre seigneur et les miens se confondent, soyez-en certain. En nous aidant, c'est lui que vous aidez.

— Très bien. Fiona, va nous chercher à boire. Dès qu'ils se seront rafraîchis, nos hôtes se restaureront. Pour ce qui est de gagner le château, il y aurait peut-être un moyen...

*
* *

Luttant pour reprendre conscience, Robyn avait un voile rouge devant les yeux. Ses muscles ne lui obéissaient plus. Se faisant l'effet d'un poisson échoué, elle vit l'immense prêtre arriver vers elle. Ses lèvres épaisses s'ourlaient de plaisir...

Le sol trembla de nouveau, la faisant rouler de côté.

Le cri de Genna fit cesser le phénomène. Le prêtre suspendit son avance.

Les traverses sculptées couronnant les arches s'écrasèrent à terre les unes après les autres, broyant toujours plus de morts-vivants.

Celle qui tomba près de Robyn fit tant trembler la terre que la jeune femme fut projetée à des mètres en arrière. Le prêtre recula, grimaçant de frustration.

Newt vint babiller aux oreilles de la jeune femme étourdie, examinant ses pupilles dilatées.

— Robyn ? Ça va ? Quel effroi ! As-tu vu la tête qu'a tirée cet horrible bonhomme ? Genna lui a montré de quel bois elle se chauffait ! J'ai bien cru que la traverse allait écrabouiller ce prêtre de malheur... La victoire est-elle à nous ? Relève-toi, Robyn... on n'a pas dit notre dernier mot !

— Où est-il ? hoqueta-t-elle, reprenant son bâton.

Elle sonda l'obscurité. *Il* avait disparu, mais il était toujours là, elle le sentait.

— Viens, Newt, nous devons le retrouver et l'arrêter !

— Attendez-moi ! cria Yazilliclick de sa voix flûtée.

Sourde au cri de sa tante, la jeune femme escalada le bloc de pierre... et rebondit contre quelque chose de dur. Son bâton vola en l'air.

Newt fut à moitié assommé par un coup invisible et protesta énergiquement.

Robyn était au bord de...

Quoi ?

On aurait dit qu'un serpent s'était enroulé autour d'elle. Hormis qu'aucun serpent n'aurait pu courir à cette vitesse... Son ravisseur l'emportait loin de la Source de Lune.

Elle le martela de ses poings, ne rencontrant que de la peau dure et lisse, sans poils ni écailles. La *chose* n'émettait pas un bruit. Et elle tenait la druidesse dans un étau.

Affolée, Robyn redoubla d'efforts. Mais elle avait beau griffer, mordre et donner des coups de pied, son ravisseur n'en avait cure.

*
* *

— Ce n'est pas juste ! protesta Pawldo pour la vingtième fois. Vous ne pouvez y aller sans moi, ou vous serez perdus, ça ne fait pas l'ombre d'un doute !

Sans l'écouter, Daryth et Tristan enfilèrent les capes rouges que Devin leur avait apportées.

— Navré, mais j'imagine mal un petit homme dans la Garde Ecarlate, lui rappela Tristan. De plus, un de nous doit rester avec Canthus et nous aider ensuite à fuir.

Devin avait expliqué que les officiers étaient tous humains, même ceux qui commandaient les ogres.

— Hâtez-vous ! dit Devin. A l'aube, nous devons être au portail est ! Les officiers s'y réunissent après une nuit en ville. La garde les laisse entrer juste pour la relève.

— Et nous devrons feindre d'être ivres morts ? redemanda Daryth.

— Oui. La sécurité est très relâchée, à cette heure-là. Tristan, vous avez le croquis ?

— Nous entrerons sans encombre.

— Une fois dans les quartiers royaux, vous ne devrez plus compter que sur vous. Aucun de nous n'a pu s'y introduire et revenir les décrire... Deux des miens ont risqué leur vie pour obtenir ces uniformes.

— Et nous leur en sommes reconnaissants, dit le prince. Vous avez déjà fait plus que nous n'aurions espéré.

— Je suis prêt, annonça Daryth avec toute l'arrogance qu'exigeait son nouveau personnage.

Son chapeau aux plumes écarlates rehaussait le rouge de sa cape et le noir de ses cuissardes.

— Bonne chance !

Fiona posa un baiser sur leurs joues.

Devin les guida dans la rue déserte, et les regarda s'éloigner avant de replonger à l'abri.

Daryth et Tristan marchaient en titubant et en braillant. Au coin de la rue, une dizaine d'officiers attendaient d'être admis dans la forteresse.

Les aventuriers firent la queue.

*
* *

Isolde repoussait vaillamment ses agresseurs. Ses loups avaient tous succombé. Elle aussi disparut dans une mer de mains tendues.

Elle trébucha et tomba pour ne plus se relever.

Les druides étaient lentement repoussés par la marée de morts-vivants. Le pouvoir de la déesse ne suffirait plus à endiguer le flot.

Il restait une seule issue.

— Déesse, pria Genna, ne les laisse pas nous emporter...

Derrière le dernier carré de druides, la Source de Lune brilla d'un éclat aveuglant et bouillonna. Un geyser jaillit, aspergeant les serviteurs de la déesse.

Pour la première fois, les zombies parurent apeurés.

Puis la lueur reflua et le phénomène cessa.

Les morts-vivants se tassèrent contre les arches, incapables de faire un pas de plus. Seul Hobarth osa avancer.

Il leva une main hésitante vers la Haute Druidesse et serra le poing.

Soudain, il éclata de rire.

Les druides de la vallée du Loch Myr avaient été changés en statues de marbre blanc.

*
* *

Ouvrant grands les yeux, Tristan n'arrivait pas à croire qu'il venait de pénétrer dans le château... Les remparts étaient si hauts qu'ils donnaient le vertige. L'aube faisait rosir le sommet des tours.

Les gardes escortèrent les officiers jusqu'à des baraques.

Tristan et Daryth, bons derniers, bifurquèrent, passant un deuxième portail. Ils traversèrent un bâtiment.

— Les écuries sont de ce côté, dit le prince, se remémorant la carte de Devin.

— Et quelque part plus loin, nous devrions tomber sur les appartements royaux.

Ils traversèrent une nouvelle cour et ils allaient entrer dans une tour quand ils croisèrent des soldats et leur officier.

— Eh, vous, là ! Vous ne pouvez circuler ici. Seul le...

— Silence ! gronda le prince, décidant que la meilleure défense était l'attaque. Qui êtes-vous pour vous adresser sur ce ton au capitaine du corps d'inspection royale ? Répondez !

— Quel corps d'inspection... ?

— Etes-vous sourd ? Je veux votre nom, et vite !

— Mais...

— Peu importe, idiot ! A l'avenir, n'insultez plus vos supérieurs ou il vous en cuira ! Nous venons inspecter les cuisines, car il y a des plaintes. Où sont-elles ? Vite !

L'officier désigna une arche, plus loin, et s'éloigna sans demander son reste.

Passée l'arche, Tristan et Daryth débouchèrent dans une autre petite cour qui empestait les épluchures.

Dans le bâtiment, ils trouvèrent sans peine les cuisines et y firent irruption d'un pas résolu, perturbant l'activité frénétique qui y régnait.

Daryth héla un cuisinier au triple menton :

— Toi, là ! Quel misérable prépare le déjeuner du roi ?

— C'est elle, seigneur !

Visiblement soulagé, il désigna une matrone, qui pâlit.

— Venez ici, reprit Daryth, d'un ton adouci. N'ayez crainte : nous cherchons celle qui a apporté son déjeuner au roi hier.

— Sheila ! couina-t-elle aussitôt. Ici tout de suite !

Ce fut au tour d'une jeune femme de blêmir. Tristan regrettait d'effrayer ainsi ces pauvres gens, mais la comédie était nécessaire.

— Avec nous ! ordonna-t-il.

Les yeux brillants de larmes, la fille les suivit dans le couloir et se recroquevilla comme une biche aux abois.

— Nous avons découvert un complot visant le roi ! reprit Tristan avec sévérité. Quelqu'un vous aurait-il parlé de la nourriture que vous lui avez servie ?

— Non, votre seigneurie ! Personne !

— Très bien. Nos comploteurs ont dû réviser leurs

plans... Mais vous pouvez nous aider. Comprenez-vous l'importance de tout ceci ?

Elle hocha la tête.

— Vous devez refaire avec nous le chemin exact que vous avez pris hier pour apporter au roi son plateau. N'omettez aucune porte, aucun couloir... C'est compris ?

Tremblante, elle les guida dans le hall, puis dans un escalier.

A l'étage, les murs de marbre étaient ornés de grands miroirs à intervalles réguliers. Des vitraux filtraient le jour.

La servante désigna l'unique porte, au bout du couloir.

— Bien, fit le prince. Maintenant, retournez aux cuisines !

La jeune femme ne se le fit pas répéter deux fois.

Tristan frappa à la porte ; un garde ouvrit et écarquilla les yeux.

— Vous ne pouvez pas...

— Si ! gronda Daryth, le repoussant, une dague pointée sur sa gorge.

— Nous avons une audience avec le roi, précisa Tristan, suave.

— Oui, seigneur, couina le garde.

Derrière lui, une autre porte menait aux chambres royales. Daryth et Tristan entrèrent le plus calmement du monde.

Le prince de Corwell s'immobilisa.

Ses rêves les plus fous ne l'avaient pas préparé à un tel spectacle.

Cet homme en perruque, lourdement fardé, pouvait-il être le Haut Roi des Sélénæ ?

*
* *

Contrairement à ce que croyaient les humains, la

plus grande cité des îles n'était pas Callidyrr, mais une communauté peu connue du monde d'en haut, la métropole la plus antique des Sélénæ. Elle s'étendait dans un étroit canyon...

... Au fond de la mer.

C'était une cité de corail faite d'immenses tours vertes et d'édifices ronds, allant du bleu au rouge.

De colossales balconnades étaient accrochées aux parois du canyon, rappelant une jungle.

Les kelps étaient les poissons chargés de la surveillance et de la protection de la ville.

Les coques des navires naufragés étaient intégrées dans l'urbanisme, décorant souvent les balconnades. L'or et l'argent fleurissaient sur les bâtisses les plus élégantes ou les citoyens les plus importants. Les os des marins morts étaient également mis à contribution, pour les arches comme pour le petit mobilier.

Depuis toujours, Kressilacc était la cité des redoutables sahuagins et de Sythissall, leur roi.

Sythissall et la grande prêtresse Yssalla s'ennuyaient. Il leur fallait d'autres royaumes à conquérir et à piller.

Entouré de ses centaines de concubines, des crânes de ses ennemis et de poulpes, ses gardes, Sythissall était le plus gros des sahuagins. Un trident en os de baleine était son arme préférée.

Sous son règne, les sahuagins prospéraient, torturant et tuant à plaisir. Ils avaient réduit en esclavage toutes les autres communautés, à des centaines de miles à la ronde.

Le temple de la grande prêtresse faisait face au palais. Etant la Gardienne des Œufs, son prestige rivalisait presque avec celui du monarque. La peau jaune des prêtresses, contrastant avec le vert des autres sahuagins, garantissait leur chasteté. Celles qui veillaient sur les œufs ne pondaient jamais.

Exhibant bracelets, torques, ceintures et chaînettes d'or, les prêtresses nageaient avec une impériale arrogance, sûres de n'être jamais insultées, inquiétées ou blessées.

Comme dans le monde des hommes, des orcs et des ogres, elles adoraient Bhaal.

Dans la salle du trône, Sythissall conservait la plus précieuse relique des sahuagins : le Glacefonds.

Il s'agissait d'un artefact mystique taillé dans la glace polaire et plongé dans la lave.

Sythissall le contrôlait.

Mais seule Yssalla savait l'utiliser.

Avec l'immense pouvoir de Bhaal à sa disposition, elle pouvait déchaîner ses foudres sur le monde. Le Glacefonds permettait de tout espionner : dans l'univers d'en haut, le roi et la prêtresse remarquaient bien des objets dignes de leur convoitise.

Grâce au Glacefonds, ils entrèrent en contact avec Cyndre. Le sorcier leur promit de l'or, des os et du sang.

Son plan intrigua les sahuagins.

Sythissall y voyait l'occasion d'étendre sa domination sur des mondes jusque-là inaccessibles.

Yssalla pensait avoir trouvé le moyen de servir son dieu, qui lui soufflait que cet humain serait un outil des plus utiles.

Bhaal observait et souriait.

CHAPITRE XIV

DONJON

Kamerynn ruait, écrasant force zombies et squelettes.

Quand la Licorne reprit un peu de mesure, elle s'aperçut qu'elle s'était éloignée de la Source de Lune et de Robyn. Elle revint au galop. Mais son ouïe fine capta un bruit inquiétant.

Secouant le halo de sa crinière blanche, Kamerynn chercha d'autres victimes. Le sortilège du prêtre fit trembler le sol, renversant indifféremment druides et morts-vivants.

Puis elle vit Genna déstabiliser les traverses des arches... Elle bondit par-dessus la plus proche, réintégrant le cercle des défenseurs.

Alors, elle entendit l'appel de Robyn, emportée par une force invisible. De fureur, la Licorne partit au triple galop. A peine vit-elle Newt, allongé par terre, Yazilliclick s'occupant de lui.

La Licorne eut beau filer comme le vent, le ravisseur invisible était plus rapide encore. Elle le perdit de vue.

De l'autre côté de la rivière, elle huma l'air et

repéra la douce senteur de Robyn plus loin, sur la gauche.

La poursuite continua de plus belle.

*
* *

La *chose* qui la serrait dans un étau s'arrêta soudain, comme parvenue à destination. Elle enveloppait la jeune femme tout entière.

Robyn avait entendu parler des serviteurs invisibles des sorciers.

Un fracas de sabots lui fit tourner la tête : Kamerynn accourait à sa rescousse !

Sa crinière volant comme une cape, la bête magnifique martelait le sol. Elle fonça sur la chose invisible qui tenait Robyn en son pouvoir, frôlant presque la jeune femme.

L'impact la libéra. La Licorne se cabra pour empaler un adversaire qu'*elle* seule voyait. Au combat, Kamerynn employait plus volontiers la ruade. Contre cet ennemi magique, seule la corne devait être efficace.

Robyn *sentit* l'agonie du monstre. Alors la Licorne s'arrêta... Le vaincu disparut.

Robyn s'appuya contre le flanc de son amie. Elle lui serra le cou en signe de gratitude, puis s'effondra.

*
* *

Quand la jeune femme revint à elle, le soleil était haut dans le ciel. Kamerynn et elle se trouvaient près d'un étang.

Robyn s'étirait quand une voix flûtée la héla :

— Robyn ! Enfin, te voilà ! (Le dragon atterrit sur son perchoir favori : la corne de Kamerynn.) Tu aurais dû voir ça : la Source de Lune a bouillonné et Genna et les druides en ont été aspergés ! Ça les a transformés en statues !

Robyn poussa un petit cri.

— En statues ?

Yazilliclick confirma.

La jeune femme s'effondra de nouveau. Tout était perdu ! Et sa fougue l'avait entraînée loin du champ de bataille à l'instant crucial !

— Ne pleure pas ! implora l'esprit follet, ses antennes vibrant nerveusement. Tu n'aurais rien pu faire... Puisque tu es la seule survivante, tu trouveras sûrement un moyen...

Jamais la jeune femme ne s'était sentie aussi seule. Les morts-vivants avaient fait main basse sur la Source de Lune ; Genna et les autres druides étaient prisonniers de la pierre !

Que faire ?

Un souffle d'air tira la jeune femme de ses réflexions : d'où venait-il ? Il n'y avait pas la moindre brise...

La surface de l'étang ondoya ; une silhouette se forma... un heaume d'argent... Une femme magnifique émergea de l'eau, coupant le souffle à Robyn. Son armure d'argent avait encaissé beaucoup de coups. Mais sa chevelure d'or et sa peau de marbre étaient intactes : ni le temps, ni le mal ne les avaient atteints.

Fascinée, Robyn croisa le regard de l'apparition avec crainte.

— Qui êtes-vous ?

— Je suis celle qui se soucie du prince, du royaume et de toi... Je suis l'esprit de celle qui mourut il y a longtemps et qui espère que vos actes donneront un sens à sa vie.

— Mais...

— Druidesse de la vallée, ton prince est en danger. La mort le guette à Alaron. Tu peux encore le sauver.

— Tristan ? En danger de mort ? Comment ça ?
— Rejoins-le. Il a besoin de toi.
— Où est-il ?
— Cherche-le dans la forêt de Dernall... Pars sans tarder, si tu veux le retrouver à temps !

L'apparition s'enfonça dans l'onde.

— Mais comment le retrouverais-je ? s'écria Robyn.

La surface de l'étang redevint lisse.

*
* *

La forêt de Dernall était un labyrinthe de pistes et de sentiers. Tristan et son groupe avaient dû se diriger au nord. Kryphon et Razfallow suivaient la même direction.

La ville de Doncastle posait d'irritants problèmes à Cyndre et au Haut Roi. Toutes les attaques s'étaient soldées par un échec. Les défenseurs devaient être secondés par une mystérieuse force magique !

Le sorcier et ses compagnons avançaient avec prudence dans les bois ; protégé par un sort d'invisibilité, Kryphon suivait Razfallow et Doric. Il échapperait ainsi à une embuscade et serait en position de secourir les siens — ou de les venger le cas échéant.

En tout cas, Kryphon ne courait aucun risque.

Au bout de deux jours, la piste devint plus difficile à suivre. Kryphon s'inquiéta, redoutant l'ire de Cyndre si son groupe revenait bredouille.

Le destin intervint : huit bandits armés d'épées et d'arbalètes encerclèrent Doric et Razfallow. Invisible, Kryphon observa la scène avec intérêt.

— La bourse ou la vie ! exigea un gredin.

Sans hâte, Doric fit mine de fouiller les poches de sa robe. Les hors-la-loi étaient trop occupés à admirer ses longues jambes pour la presser.

Amusé, Kryphon lança un sort simplissime ; égrenant une poignée de sable, il lâcha, sarcastique :

— Il est l'heure de dormir, les petits...

A cet instant, plusieurs choses se produisirent : sept des huit bandits tombèrent de sommeil et Kryphon redevint visible.

Le huitième homme ouvrit des yeux ronds à sa vue et bégaya, épée tendue.

— N'aie crainte, l'ami, sourit Kryphon. (Ses mains exécutèrent une série d'arabesques.) Je ne te veux aucun mal.

Le sort d'envoûtement marcha à la perfection : le hors-la-loi baissa sa garde et lui lança un sourire hésitant.

— Désolé... Vous m'avez surpris.

— Je comprends... Nous recherchons des... amis. Peut-être sont-ils passés dans la région.

N'osant espérer, Kryphon décrivit le prince et son groupe.

— Un petit homme, dites-vous ? Hier matin, lui et les autres étaient encore à Doncastle.

Kryphon se força à rester calme :

— Doncastle ? Pourrais-tu nous indiquer la direction ?

A la perspective d'aider un nouvel ami, l'homme rayonna de plaisir :

— C'est à quelques heures d'ici. Je vous y emmène volontiers !

*
* *

Face au Haut Roi, Tristan était en proie à des émotions contradictoires. Il avait soif de vengeance... Pourtant cet homme était son suzerain.

Néanmoins, l'aspect ridicule du monarque et la peur qui agrandissait ses yeux réduisaient à néant les traditions liant un seigneur à ses vassaux.

Le prince de Corwell décida qu'il ne devait aucun respect à ce bouffon.

— Qui... êtes-vous ? bégaya Carrathal.

— Je suis Tristan Kendrick, prince de Corwell.

— Euh... C'est-à-dire que...

— Avez-vous fait assassiner mon père ?

Le Haut Roi sursauta.

— Certainement pas !

— En ce cas, pourquoi a-t-on retrouvé des pièces de votre monnaie sur le cadavre d'un des tueurs ?

Tristan avança ; le monarque bondit de son trône et recula, affolé.

— Ne me tuez pas ! s'étrangla-t-il. La royauté est à vous ! Laissez-moi vivre !

— La royauté ? De Corwell ?

— Non : la Haute Royauté ! (Carrathal eut l'air dérouté.) N'est-ce pas ce que vous voulez ?

— Qui vous a dit ça ?

— Mais... Je pensais que tout le monde le savait... C'est la raison de votre venue, n'est-ce pas ? Vous voulez mon trône !

D'un bond, Tristan enjamba la table basse derrière laquelle son interlocuteur tentait de se retrancher. Il attrapa par le col le pathétique personnage.

— Je suis venu ici, gronda-t-il, pour châtier le meurtrier de mon père.

Carrathal haleta et se débattit en vain.

— Si ce n'est vous, qui était-ce ?

— Peut-être est-ce moi que vous cherchez...

Une voix s'était élevée à l'autre bout de la salle. Surpris, Tristan et Daryth pivotèrent.

L'homme en robe noire n'était pas là un instant plus tôt.

Sans lâcher Carrathal, le prince aboya :

— Qui êtes-vous ?

L'inconnu prit d'une poche un petit caillou gris et une pincée de poudre. Il arrosa la pierre de poudre.

— *Wissath duthax, hisst !*

Tristan se sentit tomber et dut lâcher prise pour protéger son crâne. Il eut l'étrange sensation de tomber *vers le plafond.*

La gravité redevenue normale, il s'écroula. Daryth atterrit près de lui.

Le crâne en feu, Tristan était paralysé.

— Gardes ! cria le roi.

— *Korass, sithtu...*

— Non ! l'interrompit Carrathal. Ne le tuez pas ! Pas encore...

Cyndre se renfrogna, mais obéit.

— Comme vous voudrez, sire.

La porte s'ouvrit pour livrer passage à une dizaine de soldats.

— Emparez-vous d'eux ! ordonna leur suzerain. Je les interrogerai moi-même ! Jetez-les au donjon !

*
* *

Tristan et Daryth furent enfermés dans des cellules séparées. Le prince avait les poignets et les chevilles enchaînés au mur. Ses yeux s'adaptèrent à la pénombre. Comme à Llewellyn, il suffoqua vite. L'obscurité et la solitude aggravaient sa claustrophobie.

Furieux, il pesta contre ses geôliers, tendit ses chaînes... et n'en retira que des souffrances.

Il repensa à Robyn... Si seulement elle savait ce qui lui arrivait ! Mais il chassa la pensée. Son aimée, affronter un gredin capable de se jouer des lois de la gravité... ?

Il frémit.

Inébranlable dans sa foi et pétrie de courage, Robyn, il le savait, affronterait le sorcier sans faillir.

Et elle courrait à une mort certaine.

Seule l'intervention du Haut Roi les avait sauvés,

Daryth et lui. Pourquoi Carrathal, après avoir lancé des tueurs et des sorciers à leurs trousses, les voulait-il soudain saufs ? A coup sûr, celui qui avait saboté le *Caneton Verni* ne s'était aucunement soucié de les garder en vie pour interrogatoire !

Pas plus que Razfallow et sa bande d'égorgeurs.

Qu'avait dit le sorcier en faisant irruption dans la chambre du roi ? Quelque chose comme... « *Peut-être est-ce moi que vous cherchez...* »

Tristan aurait-il dû s'adresser au sorcier plutôt qu'au roi ?

— Tristan...

Une voix musicale s'éleva.

Rouvrant les yeux, le jeune homme vit apparaître une silhouette d'un blanc éclatant. Ses cheveux blonds cascadaient sur son armure d'argent.

Le sang du prince ne fit qu'un tour.

— Ma reine ! Bénie soit la déesse, vous êtes revenue ! De grâce, délivrez-moi !

Jamais le regard d'Allisynn ne lui avait paru si lumineux. Elle *était* avec lui, au fond de sa geôle ! Il brûlait d'envie de l'approcher, de la toucher... Mais elle restait lointaine. La lumière qui émanait d'elle transformait sa blondeur en halo. Sous son regard bienveillant, Tristan sentit disparaître son mal de tête.

— Je ne puis te libérer, fit-elle d'une voix triste. Je suis sans pouvoir contre le fer. (Tristan baissa la tête.) Ne désespère pas, mon prince ! Tu as appris ce que ton ennemi redoutait le plus, et cette connaissance est inestimable.

— Appris ? lâcha-t-il, méprisant. Qu'ai-je appris sinon que j'étais un imbécile ! Je ne suis pas digne d'être fantassin dans l'armée de Corwell... encore moins son suzerain ! Je me suis fait avoir comme un bleu ! (La rage menaçait de l'étouffer.) Mais pardonnez-moi, de grâce, si je m'apitoie sur mon sort.

— Une jeune femme, à Gwynneth, serait fort émue

de te voir ainsi. Peut-être est-ce pour elle que tu devrais combattre l'adversité.

Tristan se mordilla les lèvres. Au contact de la reine morte, il oubliait la femme qu'il aimait.

— Mais... vous...

— Je suis... beaucoup trop âgée pour toi, sourit-elle. Même si ton affection me touche profondément. Cela faisait très longtemps qu'un homme ne m'avait plus regardée avec autant... d'amour.

— Je vous aime, ma reine ! (A cet instant, il ressentit cruellement l'humiliation de sa capture.) Puisse la déesse m'accorder un jour l'occasion de prouver à quel point !

— Cela viendra bientôt. Pense à ce que tu as appris. Et repose-toi, mon prince.

Il s'endormit aussitôt.

Elle disparut.

Le bruit de la porte le réveilla en sursaut.

Le Haut Roi entra.

Il paraissait plus sûr de lui.

— Vous m'intriguez, prince de Corwell. (Tristan ne dit mot.) Vous dites venir ici par souci de vengeance ?

— Je l'affirme.

— Vous n'êtes pas à Caer Callidyrr pour vous saisir du trône des Hauts Rois — *mon* trône ?

— Bien sûr que non ! D'où tenez-vous pareille idée ?

— Voilà qui est surprenant. Bien sûr, j'ignore s'il faut vous croire ou non...

— Votre majesté ?

Carrathal fit volte-face : le sorcier le rejoignit dans la cellule.

— Cyndre ! Nous parlerons plus tard. Laissez-moi pour l'instan2t.

— Je crains que cela ne puisse souffrir aucun retard, sire. Je suis venu vous quérir en personne !

A la lueur d'une torche, Tristan vit les mains du sorcier exécuter une série de signes complexes.

Le roi frémit et soupira, résigné.

— L'usurpateur ? demanda Cyndre.

— Il... est...

Carrathal avait du mal à ordonner ses pensées.

— Il est un danger public, acheva le sorcier à sa place.

Tristan était horrifié de le voir manipuler ainsi le monarque. Pour la première fois, il craignit vraiment pour sa vie.

— Il est temps qu'il meure, conclut Cyndre.

— Très bien, fit le roi, sans regarder le prisonnier.

Les chaînes de Daryth de Calimshan n'étaient pas moins solides que celles de son ami. Néanmoins, le Calishite avait un avantage : les gants magiques. Même une fouille minutieuse n'avait pas permis de les déceler.

Daryth entendit les soldats escorter le prince plus loin, dans le donjon, et l'enfermer à son tour. En repassant devant la cellule du Calishite, les geôliers y jetèrent un coup d'œil puis s'éloignèrent.

Daryth sortit ses mains des anneaux. Puis, à l'aide d'une des vrilles minuscules dissimulées dans ses gants, il s'attaqua aux fers de ses pieds. Se libérer fut l'affaire de quelques minutes.

Daryth tendit l'oreille : tout était silencieux. Il se glissa jusqu'à la porte. La serrure fut plus ardue à crocheter que celles de ses chaînes. Mais le mécanisme complexe céda quand même.

Entrouvrant la porte, Daryth scruta la pénombre. Plus loin, dans le couloir, une torche brûlait. L'air était saturé d'humidité. Daryth se coula vers la gauche, où il avait entendu les soldats escorter son ami.

Puis il pensa à leurs armes — surtout l'épée de Cymrych Hugh. Il n'était pas question d'y renoncer maintenant ! Daryth décida d'explorer la salle de garde la plus proche.

Au coin suivant, il reconnut l'escalier par lequel il était descendu. La salle était à l'étage. Il grimpa les marches quatre à quatre...

... Et jura en se heurtant à une grille.

Derrière, un garde sommeillait sur son siège. Plus loin, ses armes et celles du prince étaient pendues à un crochet !

Sans un bruit, Daryth reprit sa vrille et vint vite à bout de la serrure.

Mais le déclic tira le garde de son somme. Ouvrant de grands yeux à la vue de Daryth, il allait crier pour donner l'alarme... Le Calishite ouvrit la grille et lui flanqua un direct qui l'assomma.

Il reprit son cimeterre et les autres armes, puis referma.

Il redescendit l'escalier et chercha Tristan. Quatre cellules étaient vides. Dans la cinquième gisait un homme.

Il semblait plus petit que Tristan ; Daryth ne pouvait voir son visage. Mais dans la pénombre, il n'aurait pu jurer de rien.

— Tristan ! souffla-t-il.

L'homme n'eut aucune réaction.

Pestant, le Calishite s'attaqua de nouveau à la serrure.

Ensuite, il se glissa dans la geôle sans que le prisonnier esquisse un geste. Daryth le regarda.

Ce n'était pas Tristan.

L'inconnu releva la tête et l'étudia à son tour, une tristesse indicible au fond des yeux. Il était plus âgé et plus mince que le prince de Corwell. Ses mains avaient été horriblement déformées.

Le prisonnier cilla ; le nouveau venu n'était pas un soldat revenu le tourmenter... Il remua les lèvres sans qu'aucun mot n'en sorte. Puis il secoua ses chaînes... sans qu'elles fassent de bruit.

Tout était silence.

— Qui êtes..., commença le Calishite.

Il n'entendit pas sa propre voix.

Sorcellerie !

Daryth se souvint des seigneurs et des loyaux sujets que le Haut Roi avait jetés en prison.

Sans comprendre pourquoi il perdait son temps ainsi, Daryth libéra le malheureux.

*
* *

Hobarth oscillait entre la joie et la frustration.

Les druides avaient été vaincus ! Son armée de la mort avait remporté une grande victoire !

Néanmoins, les vaincus le narguaient encore dans leur écrin de pierre.

Hobarth étudia les statues, criantes de réalisme... Il prit une hache et l'abattit sur un bras pétrifié.

Le fer de l'arme vola en éclats.

La faim détourna Hobarth de sa frustration. Il était temps de se remplir la panse... Un festin pour fêter la victoire s'imposait. Une des dalles abattues servirait de table. D'une incantation, le prêtre fit apparaître des rôtis succulents, des fruits mûrs et du pain complet. Sa gourde en peau de bête s'emplit d'un vin capiteux...

Hobarth festoya comme quatre.

Puis il se tourna vers le champ de bataille. Beaucoup de morts-vivants gisaient çà et là.

Morts une seconde fois.

Mais des centaines avaient survécu, relativement intacts. Statues de chair et d'os, ils attendaient les ordres de leur maître.

Hobarth examina les cadavres des druides. Une femme avait été littéralement déchiquetée.

Il prit le cœur de Kazgoroth et ranima Isolde de Valhiver.

CHAPITRE XV

ALEXEI

Incapable de soutenir le regard de Tristan, le Haut Roi fixait le sol. Le sorcier eut un sourire cruel.

— Je m'occuperai en personne du prince.

Il prit une dague à garde d'onyx et avança. Tristan tira sur ses chaînes. Le roi se détourna.

Soudain, la torche fut soufflée ; avec un sifflement de serpent, Cyndre fit volte-face... et cria.

Tristan aperçut l'éclair d'une lame. Le poignet entaillé, le sorcier lâcha son arme.

Carrathal prit ses jambes à son cou tandis que Cyndre affrontait son mystérieux assaillant avec une surprenante agilité.

Le prince reconnut Daryth ; ce dernier maniait le cimeterre de main de maître, acculant son adversaire à la défensive.

Cyndre chargea ; la lame le blessa à l'avant-bras. Mais son élan avait déstabilisé son adversaire. Cyndre réussit à fuir, manquant renverser une autre personne que Tristan n'avait pas remarquée.

— Vite ! fit l'inconnu à Daryth. Nous devons le libérer et filer. La garde sera bientôt à nos trousses.

Daryth fit encore merveille.

— Pourquoi n'a-t-il pas utilisé la magie ? demanda le prince libéré à son tour, désignant l'individu debout derrière son ami.

L'homme se retourna :

— Parce que je suis blessé...

Même dans la pénombre, il paraissait plus mort que vif. Il avait la peau tirée sur les os et les mains déformées. Il les leva vers Tristan.

— Un magicien a besoin de ses doigts. Avec son cimeterre, Daryth a blessé Cyndre et nous a sauvé la vie en l'empêchant de nous jeter un sort. Mais dès qu'un prêtre l'aura soigné, il se lancera à notre poursuite avec la férocité d'un chien de l'enfer.

— Etes-vous un sorcier ?

— Je l'étais jusqu'à ce que mon... maître... décide que je lui faisais de l'ombre !

— Vous faisiez partie du conseil des Sept ? demanda le prince, se souvenant de ce que O'Roarke lui avait appris.

— J'en *faisais* partie, oui. Mon nom est Alexei. Maintenant, je tenterai l'impossible pour mettre à ces gens-là des bâtons dans les roues. Ils regretteront de m'avoir laissé en vie !

— Filons ! souffla Daryth. Nous parlerons plus tard !

— Où allons-nous ? demanda Tristan.

— Suivez-moi ! lança Alexei. Inutile de chercher à retourner à l'air libre par les étages supérieurs, mais ce donjon compte plus d'un passage secret. Nous pourrions en atteindre un avant que les gardes nous retrouvent.

— Merveilleux..., grommela Daryth.

Il saisit une torche et suivit les deux hommes. Alexei prit la direction où avaient fui Carrathal et son sorcier.

Derrière eux retentirent des bruits de bottes et le cliquetis des armes.

La poursuite était engagée !

Les fuyards coururent dans un corridor exigu, aux parois saturées d'humidité.

Le sorcier repéra des pierres noircies et demanda à ses compagnons d'en manipuler une. Daryth entendit un cliquetis : un mécanisme s'enclencha.

La paroi coulissa, révélant un passage dérobé. Ils s'y faufilèrent alors que les gardes se rapprochaient.

Le mur se remit en place.

*
**

— Nous serons bientôt à Doncastle. Vous n'en croirez pas vos yeux ! Le seigneur O'Roarke est des plus ingénieux...

Sous l'influence de l'envoûtement, le nommé Evan n'arrêtait pas de jacasser.

Le bougre énervait Kryphon. D'un autre côté, on n'était jamais trop informé.

— Comment défiez-vous la magie du roi ?

— Nous avons un magicien et un prêtre, se rengorgea Evan. Les druides nous soutenaient aussi, avant qu'ils soient massacrés.

Kryphon sourit sous cape. La bataille avait été féroce, mais les sorciers l'avaient emporté.

Doric se pendit à son bras et se pressa langoureusement contre lui.

— Ne pourrions-nous faire halte ? souffla-t-elle. Nous atteindrons cette ville avant la nuit, de toute façon !

— Non !

Il se dégagea sans ménagement. Doric avait constamment besoin qu'on s'occupe d'elle. Ça devenait agaçant. Boudeuse, la sorcière s'éloigna.

Combien son affection pour elle s'était estompée ! Un vrai feu de paille... Au lieu d'une mince jeune femme désirable, il ne voyait plus en elle qu'un épouvantail à moineaux. Ses sautes d'humeur le laissaient vidé, sans parler de sa cruauté maladive.

A Doncastle, songea-t-il, il trouverait peut-être une donzelle plus à son goût.

*
* *

Alexei avait peine à croire à sa bonne fortune.

Sauvé ! Et par les ennemis jurés de son maître !

Le tumulte de ses pensées oblitérait ses misères physiques.

Sa soif de vengeance n'avait plus de bornes.

Tous paieraient : Cyndre, le conseil, Hobarth... et jusqu'au Haut Roi en personne !

En attendant, quoi de plus doux que d'aider les ennemis de Cyndre ? Ensuite, il ferait cavalier seul. Mais pour l'heure, il avait besoin d'alliés. Le destin en avait décidé ainsi.

Tout d'abord, il lui fallait des outils afin de recouvrer ses pouvoirs perdus.

Il était sur le bon chemin...

*
* *

La Licorne semblait triste, car l'heure des adieux avait sonné.

Elle n'avait pas d'ailes...

Bâton-rune en main — l'unique bien qu'il lui restait depuis la perte du bâton en frêne blanc —, Robyn déclara :

— Attends-nous, Kamerynn ! Nous serons bientôt de retour d'Alaron avec Tristan. Adieu, ma chère amie...

La jeune femme se tourna vers le dragon et l'esprit follet.

Puis elle ferma les yeux... et sentit des ailes lui pousser. Son cœur s'emballa.

Et elle prit son envol vers l'est, en compagnie de Newt et de Yazilliclick.

*
* *

— C'est le chemin qu'empruntent les sorciers, expliqua Alexei. La garde ignore son existence.

— D'où venez-vous ? demanda le prince. Vous n'avez pas les caractéristiques du Ppeuple.

— Aucun sorcier n'est originaire de ces îles. Cyndre a recruté ses séides aux quatre coins des Royaumes avant de les réunir ici.

— Que veut-il ? Et quelle emprise exerce-t-il sur le Haut Roi ?

— Il entend avoir un vaste royaume sous sa férule. Autant que je sache, les Sélénæ étaient un bon début à ses yeux, avec un monarque faible, des communautés divisées, et des terres riches. Carrathal est tombé il y a longtemps entre les griffes de Cyndre. Un simple charme a suffi. Il resserre constamment sa prise sur ce pathétique vermisseau.

— Et votre rôle... ?

— J'étais son bras droit, sa première recrue originaire de Thay. J'ai veillé sur lui et je l'ai protégé... Tout ça est fini. Il s'est associé à un prêtre puissant qu'il imagine manipuler à sa guise. Personnellement, j'ai des doutes. Quoi qu'il en soit, ils forment un redoutable duo.

Il n'ajouta pas que le prêtre avait capturé la dulcinée du prince... Détourner Tristan de son objectif ne servirait pas ses plans.

Le passage les mena à une pièce d'environ trente pieds carrés. Tristan estima qu'ils avaient dû descendre à un millier de pieds sous terre. Quand remonteraient-ils ?

Le mage désigna un embranchement, sur la gauche, et fonça avec enthousiasme.

Cent pas plus loin, ils tombèrent sur une salle constellée de stalactites et semée d'étangs.

Au centre étaient disposés une table et une dizaine de sièges.

— Ici se déroulent les réunions secrètes du conseil, expliqua Alexei. Elles sont rares. Je doute que les membres récents connaissent l'existence de ces lieux.

— Etonnant, murmura Tristan, saisi par la beauté de l'endroit.

Près d'une paroi, à l'autre bout, se dressait un grand coffre en bois.

— Si nous pouvons l'atteindre, souffla le sorcier, mon handicap disparaîtra...

— Voyons cela...

Daryth avança.

Alexei le rattrapa d'un de ses moignons.

— Attendez ! Il y a des pièges !

— Bien sûr... Où avais-je la tête..., grommela le Calishite. Quelle importance a ce coffre ?

— Il peut faire toute la différence entre notre évasion et la mort.

— Quels pièges faut-il éviter ?

— Tout d'abord, vous avez un faux sol sous les yeux. En réalité, il s'agit d'un trou béant, rempli de poussière. Si vous tombez, vous mourrez étouffés. Et la serrure du coffre cache aussi un piège mortel.

— Comment l'atteindre ?

— Plaçons la table en travers de la fosse, proposa Tristan. Elle est aux bonnes dimensions.

Aussitôt dit, aussitôt fait.

Torche en main, Daryth avança jusqu'à l'objectif. Agenouillé, il étudia le loquet de longues minutes. Tristan se mordit la langue plutôt que de le distraire.

Son ami tira de ses gants magiques le plus fin rossignol en sa possession. Les dents serrés, il l'introduisit dans la serrure... Un déclic suivit. Une pointe d'argent jaillit, à un cheveu de la main de Daryth.

La pointe était enduite d'une substance verdâtre.

Il avait réussi !

Le coffre s'ouvrit, dévoilant ses trésors.

— *Ceci* est supposé nous sauver la vie ? souffla Daryth, incrédule.

Il tira trois rouleaux de parchemins rangés dans des étuis de cuir et les tendit à Alexei.

— Oui ! Je ne suis plus sans pouvoir, désormais ! Si mes doigts sont inutilisables, ma vue est parfaite ! Que je lise un de ces textes, et c'est comme si je lançais un sort !

— Comment saviez-vous qu'ils étaient là ? demanda Daryth.

— Cyndre m'en avait parlé. Il les réservait à une urgence...

Le rescapé sourit.

— Ne restons pas là, conseilla Tristan.

Son assurance retrouvée, le mage les ramena dans la caverne. Ils continuèrent à descendre au pas de gymnastique. Leur torche allait bientôt s'éteindre ; le prince le signala.

— J'ai de quoi y remédier, assura Alexei.

Déroulant un parchemin, il incanta à voix basse. Une flamme bleue détruisait chaque parole qu'il prononçait. Quand il eut fini, une partie du texte était effacée.

La torche jeta un éclat des plus appréciables. Ils reprirent leur chemin.

Tristan s'inquiétait de descendre si loin sous terre. Ils devaient maintenant être à une demi-lieue sous Caer Callidyrr... et sous la mer.

Quand ils atteignirent une nouvelle salle, le prince ne put contenir un sifflement admiratif.

La torche magique l'éclairait à peine. D'énormes champignons, plus hauts qu'un homme, tapissaient le fond. Ils produisaient un éclat émeraude.

Au loin, on apercevait des cataractes de plusieurs centaines de pieds. Les mousses et les lichens accrochés aux parois donnaient à l'endroit des allures de jungle.

— C'est incroyable ! lâcha Daryth.

— Comment ces plantes peuvent-elles vivre si loin sous terre ? s'étonna Tristan.

— Il y a des années, quand j'ai vu cette grotte pour la première fois, il n'y avait rien de tel, dit Alexei, non sans une pointe d'inquiétude. Pareille végétation n'a pas pu s'épanouir sans aide.

— Des jardiniers ? fit Tristan.

— Précisément. Et nous ferions bien de les éviter. Ils ont sûrement l'aval et la protection de Cyndre.

De grandes avenues séparaient les champignons.

Sur la pointe des pieds, les fuyards prirent l'artère centrale. Alexei avait glissé la torche magique sous sa tunique.

Une dizaine de créatures à peau noire se dressèrent sur leur chemin. De quatre pieds de haut, elles arboraient une barbe hirsute ; de petits yeux malveillants brillaient sous leurs fronts bas.

Un autre groupe se posta derrière le trio.

Tristan avança.

— Bonjour. Nous... admirions votre œuvre.

Un nain noir cracha sur le sol, tirant une hache de sa ceinture. Ses congénères empoignèrent des marteaux, des épées courtes et des haches. Marmonnant dans leur langue, ils resserrèrent le cercle.

Un duergar lança sa hache à la tête du prince, qui esquiva. Avec des hurlements, les nains noirs chargèrent.

Tristan dégaina l'épée de Cymrych Hugh, les aveuglant.

— *Sorax, frigius newll — ariith !* cria Alexei.

L'air devint glacial. Un éclair bleu pétrifia les petits assaillants, qui s'écroulèrent, transformés en glaçons.

Ceux qui avaient évité le rayon magique crièrent leur rage. Au lieu de fuir, ils chargèrent de plus belle.

Evitant un coup au genou, le prince coupa presque un duergar en deux, et en décapita un autre, se dégageant une voie.

— Courez ! cria-t-il à ses compagnons, tandis que les nains noirs reculaient pour se regrouper.

Les trois hommes prirent leurs jambes à leur cou, talonnés par les créatures.

— Il y a un pont plus loin, haleta Alexei. Si nous le traversons, je connais un sortilège qui pourrait nous débarrasser d'eux.

— Bien ! gronda le prince.

Le tunnel où ils s'étaient engouffrés devenait une corniche, longeant un gouffre.

Quant au pont... Il s'était écroulé.

Une centaine de nains sur les talons, ils étaient pris au piège.

*
* *

— Si seulement tu pouvais parler ! s'irrita Newt. Quelle barbe ! Combien de temps devrons-nous encore voler ? Es-tu certaine de la direction ? Je suis fatigué !

A dire vrai, Robyn aurait aussi aimé retrouver la parole — ne fût-ce que pour dire à Newt de la fermer.

Elle aussi était lasse. En bas s'étendait le Détroit d'Alaron. Robyn et ses compagnons le survolaient depuis des heures.

— Oh, regarde, là ! s'écria le dragon.

De ses yeux d'aigle, Robyn vit enfin Alaron... ses forêts, ses collines, ses champs...

Ce n'était encore qu'une ligne au nord-est, mais ils touchaient au but.

*
* *

Au fond des mers, des épaves se dressaient comme autant de squelettes. Des squales et des créatures plus terrifiantes encore évoluaient loin du soleil.

Des abysses jaillit une vibration : les requins et les barracudas fuirent. Les baleines et les tortues remontèrent à la surface.

Le Chanprofond commença.

Sur son trône, Sythissall l'entonna à son tour ; les prêtresses et les concubines le reprirent en chœur. Bientôt, tous les sahuagins de la cité s'immobilisèrent.

Les pulsations atteignirent les coins les plus reculés du monde sous-marin.

Tous les sahuagins qui le captèrent répondirent à l'appel. Le message battait le rappel des dents des profondeurs.

Tridents et harpons brandis, leurs filets accrochés à la ceinture, les guerriers se rassemblèrent.

La frénésie était générale.

Sythissall et Yssalla s'en félicitèrent.

Ainsi que Bhaal.

CHAPITRE XVI

LES NAINS

Tristan baissa les yeux : le gouffre faisait un millier de pieds de profondeur pour plusieurs centaines de largeur.
— Bon sang !
Les fuyards seraient bientôt submergés par la horde.
— Retenez-les si vous pouvez, implora Alexei, déroulant un autre parchemin.
— Auriez-vous par hasard de quoi reconstruire un pont ? s'enquit Tristan.
— Je pourrais avoir mieux...
Les premiers nains noirs surgirent ; leurs piaillements résonnèrent dans la grotte. Sans doute refroidis par le sort de leurs congénères, ils se massèrent avant de foncer inconsidérément.
Les plus costauds sortirent des rangs et avancèrent. Sur l'étroite corniche, trois seulement pouvaient attaquer en ligne.
— *Dwithus soarax, alti !*
Du coin de l'œil, Tristan vit la flamme bleue dévorer la formule magique.
Il ne se produisit rien.
Empoignant son épée, le prince brisa la première

vague de nains noirs. Son élan lui fit faire un tour complet sur lui-même. Il lutta pour garder l'équilibre.

Tiré par une main invisible, il décolla du sol et faillit lâcher son arme de stupéfaction.

Sous ses pieds, il vit les tourbillons de l'eau, au fond du canyon. Rapetissant à vue d'œil, les nains noirs brandirent un poing rageur.

Tristan comprit : *il volait !*

Evitant les flèches, il pivota à plusieurs reprises avant de maîtriser ses mouvements. Le Calishite était aussi hésitant que lui, mais le sorcier volait avec assurance.

Tristan s'aperçut qu'il pouvait modifier la direction de son vol en bougeant les mains. Avec une aisance nouvelle, il rejoignit ses compagnons.

— Ce sort de vol est merveilleux ! s'écria Alexei. Il y en avait trois sur le parchemin, j'en ai utilisé un pour chacun de nous !

Le tumulte des nains fut bientôt étouffé par les rapides. Les fuyards atteignirent l'autre bout de la grotte.

— J'adore ça ! s'exclama Daryth.

Comme Tristan, il apprenait à contrôler ses mouvements.

— Le sortilège a une durée limitée, précisa le mage. Mieux vaut couvrir le plus de distance possible.

Les trois hommes traversèrent une série de grottes et de cavernes. Beaucoup étaient irriguées ; d'autres étaient remplies de pierres moussues pendant en grappes de la voûte comme autant de dagues, ou se dressant sur le sol à l'instar de crocs.

Les lichens phosphorescents avaient tout envahi. Dans les grottes moins éclairées, Alexei ressortait la torche magique et ils ralentissaient l'allure.

Tristan savourait une sensation de liberté pareille à nulle autre.

— Le temps joue contre nous ! lança Alexei. Il

nous reste quelques minutes à peine. Il vaudrait mieux repérer un passage avant de tomber en chute libre !

— Peut-être devrions-nous nous poser tout de suite pour plus de sécurité, suggéra Tristan.

— *Là !* s'exclama le sorcier. Voilà ce qu'il nous faut !

Torche brandie, il s'engouffra dans un conduit exigu. Tristan et Daryth suivirent. On aurait dit le fond d'un puits.

— Dépêchez-vous ! leur cria le mage.

Il filait à la verticale comme une flèche.

Tous trois remontèrent le long d'un boyau d'environ quinze pieds de diamètre, aux parois lisses.

Si le sortilège cessait avant qu'ils aient atteint le sommet, ils retomberaient comme des pierres. Tristan espérait qu'Alexei savait ce qu'il faisait.

Mais chaque seconde les rapprochait un peu plus du soleil.

Enfin, ils arrivèrent à l'air libre. Tous trois se posèrent sur des bancs de pierre, environnés de colonnades. On eût dit les crocs d'une bête surnaturelle.

— C'était moins une ! lâcha Alexei.

— Où sommes-nous ? demanda Tristan.

— A quelque distance de Callidyrr, je dirais... à Alaron.

— Nous avons laissé un ami à Callidyrr ! protesta Tristan. Nous devons aller le chercher !

— Je suis navré. Le plus urgent me paraissait de vider les lieux au plus vite.

— Pawldo ne risque rien, fit Daryth.

Tristan ne fut guère convaincu.

— Nous n'avions pas le choix, insista le mage. Je ne m'attendais pas à rencontrer une communauté duergar sous le château du Haut Roi ! Elle nous bloque la route, de toute façon.

— Comment les appelez-vous ? demanda le prince.

— Ce sont les duergars, ou les nains noirs... le fléau d'Ombre-Terre. Avides et malveillants, ils aspirent à asservir toutes les autres races souterraines. Une chance pour nous qu'ils n'étaient pas plus nombreux, ou nous ne nous en serions jamais sortis vivants.

— Mais pourquoi s'installer sous Callidyrr ? demanda Daryth. Cela aurait-il un rapport avec Cyndre ?

— J'en suis convaincu. Il recrute ses alliés parmi les plus brutaux — que ce soit sous terre ou au fond de la mer, du reste. Les duergars empêcheront quiconque d'approcher.

— Sous terre ? s'exclama Tristan, incrédule. Qui donc y engagerait une armée ?

— Nous...

Sortant du puits naturel, la voix les fit sursauter. Tristan et Daryth dégainèrent aussitôt, prêts à en découdre.

— Ils sont partout..., murmura le Calishite.

Les nains les cernaient.

Tristan rangea son épée.

— J'aurais dû m'en douter... ! grommela Finellen.

Le prince tomba à genoux et l'étreignit.

Elle lui flanqua deux claques dans le dos avant de se dégager en bougonnant.

Daryth sourit. Armés jusqu'aux dents, une dizaine de nains sortirent de l'ombre. Leurs expressions allaient de l'amusement à la défiance, en passant par l'ennui.

— Je m'absente un an et te revoilà dans la panade jusqu'au cou ! maugréa Finellen.

— J'en ai peur. Mais Caer Corwell reste protégé. Finellen et ses braves ont combattu la Bête Kazgoroth à nos côtés, expliqua Tristan à Alexei. Ils ont mis en déroute une bande de firbolgs... C'était *géant* ! On n'aurait pu trouver meilleurs combattants !

— Ouais, vaincre des firbolgs n'exige pas beaucoup de cervelle, lança Finellen, au contraire des duergars... Alors, vous vous êtes frottés à eux ?

Le prince raconta aux nains leur évasion du château.

— Mais pourquoi êtes-vous là ? demanda-t-il ensuite. Nous sommes loin de Gwynneth et je vous imagine mal cinglant les flots jusqu'à Alaron !

— Pas besoin : les cavernes que vous avez survolées représentent une infime partie d'Ombre-Terre, dans la région des Sélénæ. Quand nous avons eu vent d'une recrudescence d'activité des duergars, je suis venue avec deux de mes meilleures compagnies. Au début, avoua-t-elle, nous vous avons pris pour leurs éclaireurs et nous avons failli vous embrocher séance tenante ! Vous devez la vie sauve à ma sagesse et à ma patience.

— Merci, dit Alexei. Il semble que nous soyons tous alliés.

— Si on veut..., grogna Finellen.

— Notre mission est donc d'attaquer les duergars ? demanda le prince.

— C'est à moi d'en décider. Nous ignorons encore ce qu'ils mijotent... Rien de bien, c'est certain. Maintenant, dites-moi : pourquoi vous a-t-on jetés en prison ?

*
* *

— Qu'allez-vous faire ? s'écria Carrathal, un ton plus haut que ses jérémiades habituelles.

— Reprenez-vous, sire ! dit Cyndre, cassant. Le prince en fuite rejoindra Doncastle... Que pourrait-il faire d'autre ? Si vous vous décidez à écraser ce nid de serpents, vous le reprendrez du même coup dans vos filets. Dans le cas contraire, vous aurez contre vous une force considérable...

— Mais pourquoi devons-nous frapper si vite ?

— Jusqu'à présent, les bandits d'O'Roarke se sont contentés de détrousser les honnêtes gens de passage dans la forêt. Avec ce prince dans la danse, tout pourrait changer : pensez à ce dont ces hors-la-loi seraient capables avec un homme aussi ambitieux à leur tête !

— Mais comment les arrêter ?

— Avec la Garde Ecarlate, altesse, susurra le sorcier. Pensez-y : tous vos ennemis seraient écrasés d'un coup !

— Mais...

C'était tentant. Pourtant, un vestige de lucidité luttait encore contre le voile de l'envoûtement. Envoyer des mercenaires contre ses propres sujets était mal !

La voix mélodieuse de Cyndre acheva d'étouffer ces remords de conscience.

— Mon lieutenant approche du repaire des hors-la-loi, sire. Nous pouvons communiquer avec lui et en faire notre agent avant l'assaut. Leurs défenses seront toutes tombées quand nous frapperons !

— Très bien, soupira le roi. Convoquez-le.

Souriant, Cyndre murmura quelques mots. L'instant suivant, un autre sorcier apparut. Le monarque sursauta, une main sur la bouche.

— Bienvenue, Kryphon ! salua Cyndre.

— Maître... Votre altesse...

— Quelles nouvelles avez-vous ? s'enquit le roi.

— Je serai bientôt à Doncastle. Notre guide a promis de me montrer les caractéristiques intéressantes de la ville. Il m'indiquera également les citoyens importants : notamment le magicien et le prêtre.

— Et les défenses ? insista Cyndre.

— Je puis vous apporter demain une carte où tout sera noté. Souhaitez-vous que j'élimine le hors-la-loi O'Roarke ?

Le roi interrogea Cyndre du regard.

— Non, répondit le maître sorcier. Dans l'immédiat, sa disparition servirait à mettre à sa place un chef plus avisé...

— Très bien, maître. Je dois vous quitter afin que mon... ami ne découvre pas mon absence.

— Entendu. Revenez demain, Kryphon.

Ce dernier se couvrit la tête de sa cape et se volatilisa.

— Sire, c'est splendide ! s'exclama Cyndre. Grâce au sabotage de Kryphon, notre succès est assuré.

— Très bien... Demain, nous enverrons la Garde Ecarlate à Doncastle.

— Cette fois, plus un arbre ne restera debout, chuchota Cyndre.

*
* *

Pour préserver ses forces, Robyn se laissait porter par les courants aériens.

Après Alaron, ses compagnons et elle survolaient la forêt de Dernall.

— Regarde ces lacs ! s'exclama Newt. Si on allait piquer une tête ? Faisons halte et reposons-nous ! Allons, Robyn, on a assez volé pour aujourd'hui !

Pour toute réponse, l'aigle plongea... et une cacophonie retentit : des centaines de corneilles hurlaient !

Robyn comprit leur agressivité : un aigle approchait de leur aire de nidation... Et elles le chassaient.

Robyn tenta de reprendre de l'altitude... Puis elle vit les corneilles fondre sur elle et l'attaquer à grands coups de bec.

Newt plongea dans la mêlée, mordant et lacérant. Yazilliclick riposta avec sa minuscule épée. Mais les corneilles étaient trop nombreuses.

Robyn reçut un coup de bec dans l'œil. Avec un cri perçant, elle s'écrasa dans une prairie de coquelicots.

*
* *

— C'est le périmètre extérieur, expliqua Evan.

Surpris par la subtilité du camouflage, Kryphon ne voyait autour de lui que des arbres.

— Des archers s'alignent là-bas...

Evan désigna l'emplacement, ajoutant qu'il faisait partie de la troupe.

— Où est la ville ? demanda le mage.

— Ces bâtiments en bois en sont une petite partie. Tu vois ces barrières, dans les arbres ? En cas d'alerte, on les fait descendre et elles deviennent des remparts. Ainsi, elles retarderont un assaut durant de longues heures.

Kryphon étudia les défenses. Il commença à comprendre pourquoi les mercenaires du roi s'étaient fait battre à plate couture. Dans la forêt de chênes, les petites huttes en bois se dressaient partout.

Doric se glissa à son côté, lui faisant une caresse osée. Kryphon pivota, les dents serrées.

— Va nous réserver deux chambres, ordonna-t-il. J'ai encore à faire.

— Pourquoi ne viens-tu pas avec moi ? minauda-t-elle.

— J'ai du travail ! Va !

La sorcière s'éloigna à grandes enjambées.

— Evan, ce sorcier de Doncastle, où pourrais-je le trouver ?

— Annuwynn vit dans un manoir, près d'ici. Je t'y conduis.

Quelques minutes plus tard, ils arrivèrent devant une haie serrée de sapins. Le mage renvoya son « ami » à l'auberge de l'*Ours Grognant*, où il l'y retrouverait plus tard.

Dépité, Evan s'éloigna.

Razfallow et le sorcier avancèrent. Kryphon les rendit invisibles, puis, par magie, il écarta la barrière végétale.

Ils se retrouvèrent dans une sorte de serre, où croissaient une multitude de plantes : des palmiers et des espèces des régions chaudes. Des variétés d'oiseaux importées y prospéraient. Au sein d'une forêt tempérée, l'homme avait créé un environnement tropical.

Agrippant le tueur par un bras, Kryphon emprunta les allées. Malgré lui, il était impressionné. Créer un microclimat exigeait beaucoup de savoir-faire.

Derrière des buissons, près d'une cascade, ils surprirent le mage de Doncastle : un bel homme, mince et élégant. Il sortit nu de l'eau, la peau hâlée par le soleil.

Puis il se cala dans un confortable hamac.

— Glynnis ! appela-t-il. J'ai soif !

— J'arrive, mon seigneur.

Kryphon pinça le coude du tueur, qui entra en action.

La fille apparut, aussi belle et aussi dévêtue que le mage, pour lui apporter du vin frais.

Razfallow atteignit Annuwynn avant elle. Les yeux ronds, ce dernier sentit le danger trop tard.

Il mourut égorgé.

La jeune femme cria de terreur ; l'hybride lui planta une dague dans le cœur.

Elle bascula dans l'étang. Des oiseaux aux ramages bariolés s'envolèrent à tire-d'aile.

Razfallow essuya sa lame et revint vers Kryphon.

Ils s'en furent en silence.

La haie s'écarta de nouveau sur leur passage.

Lentement, le froid descendit sur le havre tropical.

*
* *

L'aigle abattu, une aile de travers, redevint une jeune femme.

Robyn n'avait pas lâché le bâton-rune. Yazilliclick

le lui prit délicatement des doigts pour le glisser dans son carquois, en sécurité.

Satisfaites d'avoir évincé les intrus, les corneilles revinrent se percher dans les arbres, ignorant l'humaine, le dragon et l'esprit follet.

Yazilliclick implora Robyn de se réveiller. Que deviendrait-il seul, loin de chez lui ?

Antennes en berne, il s'efforça de réfléchir.

Soudain, six hommes surgirent dans la clairière. En habits de cuir brun, armés d'arcs, il devait s'agir de chasseurs.

— Newt ! appela son ami. Viens vite !

Le dragon se cacha près de l'esprit follet pour observer la scène.

— Il est tombé par ici, dit un des humains. Il ne devrait pas être mort !

— N'y compte pas trop, dit un autre.

— Sacré bon sang ! s'exclama le chef de la bande, découvrant Robyn. Une femme !

— Vit-elle ?

— Oui... mais pour combien de temps encore, je l'ignore.

— Amenons-la à Doncastle. Le prêtre pourra peut-être la soigner. Le seigneur O'Roarke sera très intrigué. Une femme tombée du ciel !

— J'aurais juré que c'était un aigle...

Le chef la hissa sur ses épaules et partit dans les bois, suivi de ses hommes...

... Et des compagnons féeriques de Robyn.

*
* *

— Bonne chance, Finellen, dit le prince.

Toujours sous terre, ils se séparèrent à un embranchement : de là, la naine lancerait ses attaques contre les duergars, et les humains retourneraient à Doncastle via le réseau de grottes. Finellen leur avait remis une carte détaillée, leur recommandant de gagner une caverne, près du centre de la forêt de Dernall.

Finellen haussa les épaules.

— Contre environ deux cents duergars, nous ne devrions pas avoir de problèmes. Votre mission me semble plus ardue...

— Détrôner un roi ? Bah !

Après avoir longuement discuté avec Alexei, Tristan était convaincu que c'était le seul remède aux maux qui frappaient le Ppeuple.

Le Haut Roi et sa clique de nécromanciens devaient être éliminés.

— Dans quelques jours, ajouta Finellen, nous devrions en avoir fini avec les duergars... Nous passerons vous voir... Au cas où vous auriez besoin d'un coup de main.

— Ton aide sera toujours appréciée, l'assura Tristan. J'espère te revoir bientôt, mon amie !

— Pour l'heure, j'ai une bataille à gagner ! Alors, en route !

Les deux groupes se séparèrent.

Même passés sous terre, deux jours de liberté semblaient avoir fait le plus grand bien à Alexei. Il avait retrouvé sa vitalité.

Tous auraient besoin de leur énergie durant les heures difficiles qui s'annonçaient.

*
* *

Tandis que le roi rassemblait ses troupes, Ysalla ne resta pas en ville. Aussi dévouée et implacable qu'Hobarth, la grande prêtresse était déterminée à exécuter la volonté de Bhaal.

Au contraire de l'humain, la sahuagin n'avait pas de puissant artefact pour l'aider. En revanche, elle disposait de disciples empressés, qui se comptaient par centaines.

Ainsi les sahuagins jaunes aux bijoux d'or et d'argent nagèrent dans la Mer des Sélénæ, les détroits et la Mer Inviolée, à la recherche de cimetières marins.

Flanquée de ses disciples les plus ferventes, Ysalla se rendit dans un lieu proche de Kressilacc où un vaisseau nordique et un galion calishite avaient coulé après s'être mutuellement sabordés. Depuis longtemps, les sahuagins avaient récupéré tous les métaux.

Mais Ysalla cherchait autre chose : le cadavre d'un Nordique à la barbe et aux cheveux blonds reconnaissables.

Elle jeta un sort...

Un par un, les noyés furent ranimés par les prêtresses, qu'ils fussent Calishites ou Nordiques. En rangs serrés, ils suivirent les sahuagins.

Ailleurs, dans la Mer des Sélénæ, les autres prêtresses firent de même.

Ainsi fut levée une nouvelle armée de morts-vivants — les zombies des abysses.

CHAPITRE XVII

RETOUR À DONCASTLE

En fin d'après-midi, Devin rejoignit Fiona et Pawldo, tout rouge d'avoir couru. Canthus se dressa, le poil hérissé.

— Je ne veux pas vous effrayer, haleta Devin, mais j'ai des nouvelles urgentes.

— De quelle sorte ? demanda Pawldo.

Depuis plusieurs jours, il n'avait plus entendu parler de ses amis.

— Le Haut Roi a réuni la Garde Ecarlate, et l'armée a été mobilisée... Toutes les forces du royaume se réunissent à Callidyrr ! Selon la rumeur, le Haut Roi craindrait les attaques d'un usurpateur, récemment échappé du donjon.

— Tristan... et Daryth ? souffla le petit homme.

— Je l'espère... Si la rumeur est fondée. Quoi qu'il en soit, on dit que le pays est au bord de la guerre civile.

— N'est-ce pas la pure vérité ? demanda Fiona.

Canthus bondit et gronda. Pawldo courut jeter un coup d'œil par une fenêtre.

— Des ogres ! Ils arrivent par ici !

Devin blêmit.

Il poussa sa fille par la trappe, avec Pawldo. A genoux dans l'escalier, il s'adressa au petit homme :

— Emmène Fiona hors de cette ville. Va à Doncastle et préviens le seigneur O'Roarke ! Vite ! Il n'y a pas un instant à perdre !

— Viens avec nous, Devin ! On peut encore s'en sortir...

— Non ! Ils savent que je suis ici. Ils ont dû me suivre... Ils fouilleront la maison de fond en comble pour me mettre la main dessus. Je vous ferai gagner un peu de temps. Filez !

Devin avait raison. Contrarié, Pawldo fit passer Canthus par la trappe et la referma.

Un instant plus tard, les ogres attaquaient la porte d'entrée à coups de hache.

— Où est mon père ? demanda Fiona horrifiée.

— Il... est resté. C'était notre seule chance de nous en sortir. Filons !

— Non ! Je ne peux pas l'abandonner !

Elle voulut se précipiter dans l'escalier ; Pawldo la retint par un bras. Ils entendirent des éclats de voix, puis un cri de douleur... et des ricanements d'ogres.

Fiona s'effondra dans les bras du petit homme.

Quand elle releva la tête, une sombre détermination brillait dans ses yeux.

— Par ici, dit-elle simplement.

Elle fit coulisser un mur en bois de pin, révélant un étroit passage.

— C'est notre issue de secours, expliqua Fiona.

Une torche, du silex et des armes étaient posés par terre. Une fois la porte dérobée refermée, Fiona enflamma la torche. Le trio se mit en route, avec Canthus pour arrière-garde. Après quelques minutes de marche, de l'air froid leur chatouilla les narines.

Bientôt, tous trois débouchèrent dans la baie. Le crépuscule tombait. Ils étaient au pied d'un haut mur aux pierres moussues polies par le ressac.

— Sais-tu nager, Fiona ? demanda le petit homme.

— Oui, mais nous risquons de mourir gelés bien avant d'atteindre la rive.

— Qui vivra verra, fit Pawldo, fataliste.

Il plongea le premier et brassa l'eau aussi énergiquement que ses compagnons.

*
* *

— Ils l'ont amenée ce soir, expliqua Evan à son « ami » Kryphon. Cassidy a vu quelque chose tomber du ciel. Il aurait juré que c'était un aigle, attaqué par des corneilles. Et à la place, que trouve-t-il ? Une femme !

Le mage le regarda, l'air vaguement amusé.

— Des contes de bonne femme... Ton Cassidy avait sûrement un coup dans l'aile, si j'ose dire...

— Pas du tout ! D'ailleurs, les druides se changent souvent en animaux, ça n'a rien d'extraordinaire !

— *Non ?* Sans blague ! Cette inconnue serait donc... une druidesse ?

— Qui sait ? Mais Cassidy a la meilleure vue de nous tous, et la meilleure ouïe aussi. Il m'a dit qu'on aurait assassiné Annuwynn !

— Le magicien de Doncastle ?

— Lui-même... C'est une perte cruelle. On l'a tué dans son jardin, en plein jour !

— Mais vous avez d'autres défenseurs de valeur. N'as-tu pas mentionné un prêtre ? Quel était son nom déjà... ?

— Vaughn Burne. Un fier gaillard !

— Où est-il ? J'espère qu'il est en sécurité.

— Oh, je ne m'en ferais pas à ta place. Il s'occupe de la fille tombée du ciel dont je te parlais, non loin d'ici.

Evan finit la chope de bière que lui avait offerte son ami... Kryphon fit signe à l'aubergiste.

— J'ai entendu dire qu'on l'avait transportée à l'auberge du *Chêne Noir*, continua Evan.

Kryphon posa une pièce d'or sur la table — assez pour payer à boire à l'archer toute la nuit.

— Je dois m'absenter, dit-il. Reste ici et prends du bon temps !

Evan sourit.

A l'étage, le sorcier retrouva sa compagne dans leur chambre. Alanguie sur le lit, elle portait sa ceinture pour tout vêtement. Ignorant son regard langoureux, il annonça sèchement :

— Je dois rechercher le prêtre.

Au fil des jours, il s'était vite lassé des avances de Doric, qui ne le laissait pas en paix un instant. Au début, cela avait été un complément agréable à la mission. Maintenant, il l'aurait volontiers renvoyée à Caer Callidyrr.

— Reste un peu d'abord, implora-t-elle.

La vue de son corps émacié et de ses joues creuses lui répugnèrent. Voyant son dégoût, elle cria :

— Alors va-t'en !

Il claqua la porte en sortant.

Le *Chêne Noir* fut facile à trouver. C'était une auberge imposante au décor luxueux, avec des murs lambrissés, des poutres apparentes, des tapis grenat et un mobilier importé d'Eau Profonde ou d'Amn.

Une dizaine de clients occupaient la salle. A part l'entrée, la porte des cuisines et l'escalier menant à l'étage étaient les seules issues.

Kryphon commanda du vin qu'il but rapidement avant d'aller faire un tour en haut.

La première porte qu'il poussa donnait sur une chambre vide ; derrière la deuxième filtrait une conversation.

Dans la troisième, dont il ouvrit la serrure par magie, Kryphon découvrit une jeune beauté aux cheveux défaits, l'œil droit tuméfié.

— Qui êtes-vous ? chuchota-t-elle.
— Pardonnez-moi. J'ai dû me tromper de chambre... Ça va ?

Il avança ; elle se recroquevilla de frayeur.

— Oui, je vais bien ! Sortez !

Kryphon caressa l'idée de la tuer sur-le-champ et d'en finir. Mais dans son état, la druidesse était pathétique ! A qui pourrait-elle nuire ?

Elle lui servirait d'une autre façon, bien plus satisfaisante.

A cet instant, les occupants de la chambre voisine sortirent et lancèrent un regard appuyé au sorcier.

— Pardonnez-moi encore...

Kryphon salua et sortit. Il maudit ces idiots de l'avoir remarqué.

Mais il serait patient.

Demain, il s'occuperait de la belle druidesse.

Elle ne perdait rien pour attendre.

*
* *

— L'as-tu trouvée ? demanda Doric.

Kryphon haussa les épaules.

— J'ai découvert une vieille chouette, plus morte que vive... Elle ne méritait même pas que je la tue ! C'est le prêtre qu'il nous faut.

Sa compagne hocha la tête, déçue. Soudain, elle se hérissa...

Il *mentait* !

En réalité... il désirait la druidesse !

Folle de jalousie, elle faillit lui lancer une dague.

— Qu'y a-t-il ? s'enquit Kryphon. Ça ne va pas ?

— Je me sens un peu mal...

Elle plongerait plutôt sa lame dans le cœur de la druidesse !

— Aimerais-tu t'allonger ? fit Kryphon.

— N'as-tu pas besoin de moi pour le prêtre ?
— Pas du tout ! Ce soir, j'irai en repérage. Quand l'heure sera venue d'agir, je te ferai signe.
— Fort bien. Je t'attendrai ici.
— Je chercherai sa chapelle. Tôt ou tard, il s'y rendra. Et alors...

Kryphon partit.

Au bout de quelques instants, la jeune femme quitta l'auberge à son tour, et gagna le *Chêne Noir*.

*
* *

— Le seigneur O'Roarke aimerait que vous vous joigniez à lui pour dîner, annonça un garde à Tristan, à Daryth et à Alexei.

Ces derniers étaient arrivés à Doncastle une heure plus tôt ; le seigneur des bandits n'avait pas tardé à les contacter.

Leur périple à travers grottes et cavernes, durant deux jours, avait été interminable, mais dépourvu d'anicroche.

Assis à une table couverte de viandes rôties, de pains et de fromages, O'Roarke et Pontswain les accueillirent.

Un sourcil levé, le rival de Tristan s'enquit du sort du petit homme.

Le prince de Corwell raconta leur arrivée furtive dans la ville, puis il évoqua la forteresse, ainsi que leur capture et leur évasion... et Pawldo, resté l'otage de la nécessité.

Il présenta ensuite Alexei, et décrivit les circonstances de leur rencontre.

— Un sorcier du conseil des Sept ? se récria O'Roarke. Pourquoi donc croupissiez-vous au fond d'une geôle ?

Alexei soutint son regard.

— Mon ancien maître et moi ne nous entendions plus... J'ai juré de tout tenter pour le détruire. Peut-être pourrais-je vous être utile.

— Nous n'aurions pas pu nous évader sans lui, souligna Tristan. Il connaissait le passage secret qui nous a permis de fuir le château, sans parler d'un sortilège permettant de voler au-dessus d'un canyon...

Soudain, Tristan s'arrêta. Personne ne le remarqua.

« *Son destin lui fera parcourir le monde, survoler la terre et explorer ses profondeurs...* »

C'était la prophétie de la reine Allisynn, mot pour mot...

Pouvait-il s'agir de *lui* ? Le prochain Haut Roi devrait être un Cymrych... Néanmoins, la coïncidence était frappante.

Se forçant à revenir au présent, il entendit O'Roarke lui parler.

— Et à part être marri de votre évasion, comme on l'imagine bien, comment a réagi le Haut Roi, Tristan ? s'enquit le bandit.

— Il craint pour sa couronne. On lui a affirmé que je venais le détrôner !

— Est-ce le cas ?

— Bien sûr que non !

— Que vas-tu faire maintenant ? demanda Pontswain.

— Le Ppeuple ne survivra pas avec de tels pleutres au pouvoir ! Si nécessaire, je tuerai Carrathal !

— Je savais que tu étais fou ! lança Pontswain avec dédain.

— Quel choix avons-nous ? Retourner à Caer Corwell et attendre les prochains tueurs qu'on nous expédiera ? Ou rester ici jusqu'à ce que le Haut Roi envoie contre nous sa garde et ses sorciers ?

— Nous les avons déjà vaincus ! grogna le seigneur bandit. Nous les battrons de nouveau !

— Ne vous faites pas d'illusions, O'Roarke, l'avertit Tristan. En cas d'attaque *concertée* contre Doncastle, vous êtes perdus.

— Nos chances demeurent meilleures que les vôtres ! Attaquer le Haut Roi ? Avec quoi, grands dieux ?

— Avec votre aide, répéta Tristan à mi-voix. Pontswain, si tu retournes à Corwell convaincre les autres seigneurs de notre bon droit, au début de l'automne, nous aurons une véritable armée. Seigneur O'Roarke, réunissez vos hommes et défiez le roi ! Je vous promets que vous ne resterez pas seul !

— De quel droit prétendez-vous conduire mes hommes à la guerre ? s'insurgea le seigneur des bandits, bondissant sur ses pieds. Il n'en est pas question !

Derrière la colère perçait sa peur.

A cet instant, un petit homme chauve très simplement vêtu se joignit au banquet.

— Voici notre prêtre, Vaughn Burne, dit O'Roarke à Alexei, avant de se tourner vers le nouveau venu. J'espérais, patriarche, que vous pourriez aider cet homme. Il a rendu de grands services à nos amis, et comme vous le voyez, il a beaucoup souffert entre les mains de nos ennemis.

— Je ferai de mon mieux. Chauntea est avant tout une Guérisseuse.

— Et comment va notre autre invitée ?

— Elle se repose. Ses pouvoirs de récupération sont impressionnants.

— Avez-vous appris du nouveau à son sujet ?

— Comme vous l'aviez deviné, c'est une druidesse. Elle a voyagé sous sa forme d'aigle depuis Gwynneth.

Tristan suivait la conversation avec un intérêt croissant.

— J'aimerais rencontrer cette druidesse. Savez-vous son nom ?

— Elle était trop faible pour parler. Quoi qu'il en

soit, sourit le prêtre, c'est une bien jolie femme avec une chevelure aile-de-corbeau.

Tristan bondit.

— Je dois la voir ! Où est-elle ?

*
* *

Finellen maudit le terrain exigu qui l'empêchait de déployer ses trois compagnies. Les duergars avaient bien choisi leur endroit. Les trois accès étaient des goulots d'étranglement. Jusqu'ici, aucun éclaireur de Finellen n'avait pu s'y glisser. Néanmoins, le lieu ne devait pas pouvoir contenir plus de trois cents duergars. Contre un nombre équivalent de nains, la victoire ne semblait pas faire de doute.

Le repaire ennemi était un complexe de grottes entouré d'étroits boyaux. Dans l'un d'eux, un ravin bloquait l'accès ; les deux autres étaient en pente escarpée. Finellen avait posté ses nains à l'entrée des trois.

Les trompettes donnèrent le signal de l'attaque. Tandis que les belligérants croisaient le fer, Finellen pesta contre la nécessité qui l'empêchait de se battre au côté de ses braves. Mais son grade de commandant en chef ne lui laissait pas le choix.

Elle se rongea les sangs en attendant des nouvelles. Dans un conflit souterrain, la communication visuelle était impossible. Force était de s'en remettre aux rapports et d'agir en conséquence.

Le tumulte s'éloigna ; un bon signe, car ça signifiait que les nains avaient enfoncé les défenses ennemies. Après une heure, Finellen se surprit à espérer que la victoire était acquise.

Alors l'horrible vacarme se rapprocha.

Ses compagnies battaient manifestement en retraite.

*
* *

Robyn ne trouvait pas le sommeil. Chaque fois qu'elle baissait les paupières, elle revoyait les corneilles...

— Robyn ?
— Yazilliclick ? Où es-tu ?
— Oh, quel bonheur ! Tu es enfin réveillée ! s'écria l'esprit follet. Je me faisais du souci pour toi ! Ces hommes t'ont portée ici et je ne pouvais les en empêcher... J'espérais qu'ils te soigneraient...

Elle leva une main pour endiguer ce flot de paroles et sourit.

— Merci d'être resté près de moi. Où est Newt ?
— Il est parti manger...
— Encore heureux s'il nous laisse des os..., soupira la druidesse, soulagée d'avoir ses amis avec elle.

A cet instant, le dragon apparut à la fenêtre, tenant une tranche de gigot dans la gueule. Eclatant de rire, Robyn se hâta d'ouvrir avant que le petit gourmand lâche une « proie » visiblement trop lourde pour lui.

— Seigneur ! geignit le dragon. Vous ne croiriez pas toutes les imprécations dont le cuistot m'a accablé, moi qui ne faisais que chercher à manger ! Vous auriez dû voir sa tête quand je lui ai sorti une de mes illusions favorites...

— Qu'as-tu fait à ce malheureux ? s'enquit Robyn.
— Je lui ai fait croire que sa viande était mangée aux vers ! Il en est devenu blanc... C'était extra ! Si nous retournions à la maison ? Je m'ennuie déjà...

— Newt ! le réprimanda Yazilliclick. Laisse Robyn se reposer !

— J'en ai besoin, je le crains, ajouta la jeune femme. Mais vous... Oh!

Une ombre noire entra par la fenêtre... Un faciès livide au sourire macabre... Robyn eut l'horrible vision d'un zombie, revenu la hanter.

Mais l'apparition était bien vivante... Une femme se jeta sur la druidesse, dague en avant.

Robyn utilisa un coussin comme bouclier ; les plumes volèrent. Elle retourna l'élan de son adversaire contre elle, l'expédiant sur le lit d'un coup de pied dans l'estomac.

Newt se jeta au visage de l'inconnue, le lacérant de ses griffes. Sa dague en main, Yazilliclick passa aussi à l'attaque. Avec un cri bestial, la femme se tourna vers les amis de Robyn et les englua par magie dans une toile d'araignée.

Une sorcière !

Crachant comme un chat furieux, elle s'apprêta à poignarder sa victime.

La druidesse l'obligea à lâcher son arme en la faisant chauffer au rouge.

Une flèche de lumière frappa Robyn à la poitrine.

Newt et Yazilliclick se débattirent en vain.

La sorcière tira de sa poche une petite boule répandant une odeur de soufre.

Du soufre ?

Le feu magique !

Robyn se vidait de son sang...

— Protection, Mère..., implora-t-elle dans un souffle.

Avant qu'elle puisse achever le chant rituel, une flamme orange envahit la moitié de la pièce. Les flammes rugirent, incendiant la nuit.

Doric triomphait !

L'instant d'après, les yeux lui sortirent presque des orbites...

La druidesse émergea de la fournaise, intacte ! Sa déesse avait entendu sa prière et la protégeait de la magie noire !

La colère que la sorcière lut dans ses yeux fit paraître insignifiante la boule de feu qui venait de détruire la moitié de la chambre.

Robyn la saisit à la gorge, lui écrasant la trachée-artère. Après des mois passés à se battre contre les mauvaises herbes, sa force musculaire était bien supérieure à la moyenne.

Le pouvoir de Doric, lui, venait uniquement de sa magie.

Robyn se ravisa : elle voulait que cette sorcière emporte dans la tombe une cuisante leçon. Si elle inversait les mots d'une incantation thérapeutique, par exemple...

La sorcière s'écroula, la nuque brisée.

*
* *

Tristan vit les flammes jaillir d'une chambre de l'auberge. Des clients affolés sortirent dans la rue, certains sautant des fenêtres. Le prince joua des coudes pour se frayer un chemin et grimpa les marches quatre à quatre.

Une porte s'ouvrit : une femme surgit, un paquet serré contre elle.

— Robyn !

Incrédule, la druidesse leva vers le prince un visage couvert d'hématomes et de griffures. Pourtant, jamais elle n'avait paru si belle au jeune homme.

Tristan l'aida à descendre. Dans le paquet, Newt et un autre petit être étaient emmaillotés.

Quand ils furent dehors, en sécurité, la jeune femme sourit à travers ses larmes. Ignorant les regards des badauds, venus contempler le feu, les jeunes gens s'étreignirent.

*
* *

A l'horizon, la déesse vit se profiler le spectre de Bhaal.

Mais elle était à peine présente au monde en esprit,

tant elle avait concentré ses forces pour protéger son ordre.

S'ils n'étaient pas morts comme leurs infortunés collègues, les druides de la vallée du Loch Myr étaient réduits à l'impuissance, emprisonnés dans la pierre.

Bhaal se délectait du désespoir de la déesse. Tout progressait comme prévu.

L'armée d'Hobarth avait répondu à toutes ses attentes, et même plus. La vallée du Loch Myr était entre ses mains. Les druides s'étaient stupidement sacrifiés.

De leur côté, les sahuagins mobilisaient d'impressionnantes forces de destruction. Les noyés seraient une autre armée bonne à jeter contre les Sélénæ. Même Cyndre, à son insu, agissait selon les desseins de Bhaal.

Le dieu de la Mort appréciait les combats entre nains et duergars. Les morts viendraient grossir les rangs de ses sujets.

Apparemment innombrables, les nains noirs aussi agissaient dans l'intérêt de Bhaal.

CHAPITRE XVIII

ÉCHAUFFOURÉES

Canthus grogna.
— Couché ! souffla Pawldo, avant de plonger près de Fiona, à plat ventre dans la boue.

Sans rien soupçonner, un corps de cavalerie passa en trombe devant les évadés.

Ces derniers ressortirent du ravin boueux, plus glacés et misérables que jamais.

— Si seulement nous avions un cheval ! pesta la jeune femme.

Chaque jour qui passait augmentait sa colère contre le roi, les ogres *et* leur situation. Depuis trois nuits, ils parcouraient la forêt. De l'aube jusqu'au crépuscule, ils se cachaient dans des granges ou des appentis isolés. Affamés, ils se traînaient plus qu'ils ne marchaient. La Garde Ecarlate étant sur les dents, ils vivaient la peur au ventre. Beaucoup d'ogres battaient la campagne. Une majorité d'entre eux s'étaient déjà rendus à Doncastle.

Pawldo et Fiona y seraient avant l'aube suivante.

*
* *

Dans son carrosse capitonné, Carrathal fut tiré en sursaut de son somme. Que faisait-il là ? Que se passait-il ?

La mémoire lui revint : la guerre.

Se penchant par la fenêtre, il aperçut la colonne d'ogres qui précédait l'équipage royal.

L'armée du Haut Roi traversait la plaine centrale d'Alaron. Les carrioles de provisions suivaient. A l'arrière-garde, huit chevaux noirs traînaient un chariot.

Une partie du conseil des Sept s'y trouvait : Talraw, Wertam et Kerianow.

*
* *

Tristan et Robyn passèrent la nuit à échanger des vœux... et des regrets.

Un an de séparation !

Et ces retrouvailles inopinées...

Les jeunes gens avaient l'impression de rêver. Robyn expliqua à Tristan que l'inquiétude l'avait poussée à partir à sa recherche. Elle raconta sa vision : la mystérieuse dame de l'étang.

A son tour, Tristan parla de la mort tragique de son père, et versa avec Robyn des larmes sincères. Puis il lui narra son périple jusqu'à Callidyrr, et sa décision de s'opposer au Haut Roi. Il lui rapporta la prophétie de la reine morte, et les doutes qu'il nourrissait sur son sens profond. Il conclut sur le refus catégorique de Pontswain et d'O'Roarke de le seconder.

Robyn reprit sa narration : l'attaque des morts-vivants contre la Source de Lune.

Tristan fut atterré. Son aimée avait tant eu besoin de lui !

Devinant ses remords, elle le rassura :

— Nous avions chacun notre devoir à accomplir.

Peut-être ta quête aura-t-elle plus de succès que la mienne.

— A nous l'espoir... et la volonté de vaincre ! Je retournerai à Corwell lever une armée !

— Attention, mon aimé. Derrière ces calamités se cache davantage qu'un roi manipulé par des sorciers : il faut y voir un dessein divin !

Des coups à la porte les interrompirent.

— Qui est-ce ? demanda le prince, sa main volant sur la garde de son épée.

— Le seigneur O'Roarke vous fait dire, cria-t-on de l'autre côté du battant, qu'un petit homme est arrivé du Callidyrr avec des nouvelles fraîches !

— Pawldo ? s'exclama Robyn.

Les jeunes gens descendirent en hâte dans la salle de l'auberge, où Daryth et Hugh O'Roarke avaient bavardé tout l'après-midi.

Tristan vit Pawldo près de l'âtre, en compagnie d'une autre jeune femme... Fiona !

Canthus accueillit son prince avec enthousiasme avant de fêter Robyn comme il se devait.

— Robyn ! s'écria le petit homme, ravi. Mais que... ? Je veux dire, comment... ?

— Moi aussi, je suis heureuse de te revoir ! dit la druidesse. A ce que j'entends, tu as veillé sur mon prince !

— Mouais... quand Daryth et lui ne m'ont pas laissé en rade...

— Désolé, mon vieil ami, le coupa Tristan. Il y a eu des complications au château...

— Daryth le prétend aussi. Au moins, vous accordez vos violons, c'est déjà ça ! Me fréquenter vous fait le plus grand bien, mes lascars ! Hélas, j'ai de sombres nouvelles... Selon Devin, le Haut Roi a levé toutes les troupes du royaume, ce qui n'augure rien de bon. Devin a été trahi : il s'est sacrifié pour nous sauver, Fiona et moi, quand les ogres ont fait irruption chez lui...

Les compagnons baissèrent la tête en signe de respect. Hugh O'Roarke prit l'orpheline dans ses bras.

— Ton père était un brave. Il serait très fier de toi.

— Lui serait fier si *vous* faisiez quelque chose ! s'écria Fiona, rouge d'indignation. Tant que vous vous terrerez ici, ça ne risque pas d'arriver !

— De plus, s'empressa d'intervenir Pawldo, la Garde Ecarlate au complet marche sur Doncastle !

Hugh s'effondra, la tête entre les mains. Puis il foudroya le prince du regard.

— Tout cela est votre faute !

— Ne soyez pas ridicule ! répliqua Robyn. Le fléau qui s'est abattu sur le Ppeuple n'a rien à voir avec le pantin qui vous tient lieu de roi ! Maintenant, votre ville est menacée. Alors réagissez ! Cessez ces atermoiements et organisez vos défenses!

— Notre mage, Annuwynn, a été égorgé, déclara le prêtre. Un tueur rôde parmi nous.

— Je croyais que Robyn en avait eu raison..., dit Pontswain. Pourquoi parlez-vous d'« un tueur » alors qu'elle a éliminé une sorcière ?

— Parce que, à mon avis, ces assassins étaient au moins deux... L'attaque contre la druidesse était moins subtile que celle qui visait Annuwynn. Je ne peux croire qu'une même personne soit à l'origine des deux.

— Eh bien, retrouvez l'autre ! tonna O'Roarke. Quant à vous, Robyn... vous avez raison. Nous pouvons nous défendre, et nous le ferons. Avec mes capitaines, j'élaborerai un plan. Nous nous battrons pour chaque pouce de terrain ! Mon prince, j'avais tort... J'aimerais que vous vous joigniez à nous pour ce combat.

Tristan acquiesça.

*
**

Kryphon n'était pas pressé de retomber sur Doric. Il irait plutôt s'occuper de la druidesse !

Quand il atteignit le *Chêne Noir*, le feu était presque éteint. Cette cruelle coïncidence le privait de ses plaisirs !

Le feu... Doric !

A l'instar des flammes, elle était capricieuse et dangereuse.

Et comme par hasard, sa rivale potentielle avait disparu brûlé vive.

Coïncidence ?

A l'auberge, Kryphon trouva la chambre vide, ce qui confirma ses soupçons. Après avoir tué la druidesse, la panthère se cachait plutôt que d'affronter sa colère.

Kryphon dormit un peu puis il s'absorba dans l'étude des grimoires.

La trahison de Doric le blessait dans son amour-propre. Irrité, il convoqua Razfallow.

— Je vais débusquer le prêtre. Fouille l'auberge où est descendu O'Roarke. Si tu vois notre homme le premier, n'hésite pas à l'abattre.

Le demi-orc acquiesça. Rester dans une communauté humaine lui déplaisait. Ceux de son espèce étaient rares dans les Sélénæ. Mais il obéirait.

Dehors, Kryphon vit nombre d'habitants — les plus vieux, les plus jeunes et les infirmes — rassembler leurs biens et partir.

Pourquoi ?

Dans un groupe d'archers passant près de lui, il repéra un visage familier.

— Evan !

Ce dernier se tourna avec un grand sourire.

— Nous partons guerroyer !

— Guerroyer ? s'étonna Kryphon.

— D'après la rumeur, l'armée du roi est en marche. Ma compagnie va prendre position dans la forêt. Il en coûtera cher à nos ennemis de s'aventurer par chez nous !

— Puis-je rencontrer votre capitaine ?
— Cassidy ? Il est là-bas...
— Dis-lui que j'ai d'importantes nouvelles pour lui, chuchota Kryphon. Qu'il me rejoigne sous cet arbre.

Evan courut le chercher. Le cavalier arriva, les sourcils froncés.

— Que voulez-vous ? Je n'ai pas le temps de...

Kryphon dessina des arabesques dans l'air ; envoûté à son tour, l'officier sourit.

— Capitaine, comme il est bon de vous revoir... Mais sachez qu'il y une erreur : l'attaque viendra du sud ! Vous devez vous y poster immédiatement.

— Merci ! fit Cassidy avec gratitude avant de tourner bride.

Kryphon ricana et continua son chemin.

La chapelle n'attendait plus que lui.

*
* *

Le prêtre méditait. Répondant à ses prières, sa déesse lui insufflait de nouvelles forces.

Soudain, il sentit une aura maléfique. Un frisson glacé remonta le long de son épine dorsale. Il se leva et prit son marteau de guerre en argent. Puis il jeta un coup d'œil dans la salle aux dizaines de bancs. Elle semblait vide.

Recourant à la magie, Vaughn Burne *vit* un homme invisible avancer à pas de loup. L'individu étant désarmé, ce devait être un sorcier. Comme dans la vision du prêtre, il portait des diamants à tous les doigts — sûrement le meurtrier de son ami Annuwynn !

Sans l'avertissement de Chauntea, songea Vaugh Burne, il aurait été tué durant ses méditations. Sousestimer l'ennemi était toujours fatal. Etant prévenu, Vaughn Burne allait riposter. Lui aussi maniait la magie !

Devenu invisible, Burne voulut surprendre l'intrus et l'abattre avec son marteau d'argent. Hélas, une latte du plancher grinça...

Kryphon sortit un bâton de pouvoir serti de diamants et tira au jugé.

Un rayon d'énergie troua le mur opposé. Vaughn Burne tenta de plonger pour l'éviter. Alors qu'il roulait au milieu des bancs, il eut l'impression d'avoir les poumons en feu.

Des volutes de fumée montèrent de sa poitrine.

*
* *

Les duergars se déversaient de leur repaire comme une armée d'insectes. La retraite des nains menaçait de tourner à la débâcle. Avec la plus grande difficulté, Finellen maintint la discipline et empêcha la panique de l'emporter.

Les nains avaient découvert une véritable nation — non un simple avant-poste. En Ombre-Terre, les duergars avaient renversé l'Equilibre naturel qui assurait le *statu quo*. Ils avaient détruit assez de communautés environnantes pour se constituer les réserves suffisantes à un développement galopant. Ensuite...

Finellen redoutait le pire pour Gwynneth. La retraite de ses compagnies ne devait pas conduire l'ennemi aux clans, ou la population naine risquait de succomber à son tour sous la multitude.

Aussi Finellen ordonna-t-elle de battre en retraite loin de Gwynneth. Il restait un mince espoir : attirer les duergars à la surface ; quitte à mourir, que ce soit au soleil.

*
* *

Alexei arriva dans la chapelle en feu et huma une

odeur caractéristique. On portait dehors un homme couché sur un brancard.

O'Roarke déboula au triple galop.

— Que s'est-il passé ? demanda-t-il à Alexei.

— Je suis certain qu'un sorcier a usé d'éclairs magiques. Les dégâts et l'odeur sont typiques. Le prêtre est gravement blessé.

O'Roarke en fut sincèrement peiné.

— S'en sortira-t-il ?

— A moins qu'un confrère puisse le soigner, il restera infirme et aveugle.

— Il est le seul prêtre à Doncastle... Nous voilà sans magicien ni religieux avec en perspective une attaque imminente !

— Peut-être pas... La nuit dernière, Vaughn Burne m'a guéri... Mes mains sont redevenues normales !

Il en fit la démonstration sans pouvoir réprimer une grimace de douleur. Il faudrait du temps avant que celle-ci disparaisse, mais il avait recouvré l'usage de ses doigts.

— Il m'a également communiqué les grimoires d'Annuwynn, que j'ai commencé à étudier.

— Et ?

— Et j'en ferai bon usage.

— Tout d'abord, retrouvez celui qui a fait ça !

— J'en serais heureux, assura Alexei.

— Je me rends au Portail du Roi. Prévenez-moi si vous avez du nouveau.

Alexei voyait l'avenir d'un meilleur œil. Bientôt, il pourrait se venger de Cyndre, de Kryphon, et du conseil tout entier.

Pour l'heure, il avait sa petite idée sur l'identité du meurtrier. Dans la chapelle, examinant les indices avec soin, il trouva des éclats du bâton serti de diamants qu'il soupçonnait être à l'origine du désastre.

Il n'y avait plus de doute possible.

*
* *

Daryth retrouva un cimeterre au tranchant impeccable. Le forgeron avait fait de l'excellent travail !

D'après les rumeurs, les combats éclateraient dès l'aube : la Garde Ecarlate se rapprochait d'heure en heure.

Soudain, en pleine rue, Daryth croisa... Razfallow !

Le demi-orc portait une tunique de cuir à col haut et un chapeau mou à larges bords afin de masquer ses traits rien moins qu'humains.

— *Encore*, Calishite ? fit Razfallow, l'air aussi blasé qu'amusé.

— Ce sera la dernière fois.

L'hybride se détourna et s'éloigna à grandes enjambées. Mais Daryth n'était pas disposé à perdre l'avantage de la surprise — c'était la leçon principale de ses études. Et Daryth avait été un bon élève.

Que Razfallow lui tournât le dos avec tant d'insolence paraissait un défi... tentant. Mais quelque chose retint la main de Daryth. Peut-être voulait-il prouver qu'il avait mûri — ou qu'il pouvait vaincre à la loyale.

Ricanant, l'assassin fit volte-face... Son épée courte vola à la gorge de Daryth.

Elle ricocha contre le cimeterre, promptement dressé.

Attaque, parade.

Feinte et fente.

D'une série éblouissante de bottes, Daryth contraignit son ennemi à céder du terrain. Les arabesques que décrivait la pointe de son cimeterre étaient à peine visibles à l'œil nu. Pourtant, l'assassin esquivait à chaque fois. Le Calishite dut faire une pause pour reprendre son souffle. Son ancien maître, remarquat-il, était en sueur.

Quand Razfallow revint à l'attaque, Daryth soutint

l'assaut et le blessa à l'avant-bras, un succès qui lui redonna du cœur au ventre.

Un attroupement s'était formé autour des duellistes.

Daryth sentit la lassitude de son adversaire. Chaque coup le rapprochait de la victoire.

Pour la première fois, le Calishite lut de la peur dans les yeux de Razfallow.

Ce dernier se détourna et bondit pour s'emparer d'une femme rondelette, se faisant un bouclier de son corps.

Daryth enfonça sa lame dans la gorge du demi-orc, frôlant l'otage terrifié.

Le sang jaillit de la jugulaire ; Razfallow s'écroula et mourut.

Daryth essuya son cimeterre sur la tunique du vaincu. Sans se soucier des regards horrifiés, il s'en fut.

Un bon début, songea-t-il.

*
* *

Le soir venu, Tristan, Robyn, Pawldo, Daryth, Alexei, Pontswain et Fiona dînèrent en compagnie du seigneur O'Roarke, qui exposa ses plans. Au nord-est de Doncastle, devant le Portail du Roi, prendrait place la moitié des défenseurs. C'était là que la Garde Ecarlate porterait son attaque.

Le reste des rebelles se répartirait entre les trois autres accès de Doncastle.

— Vous ne gardez pas un contingent en réserve ? s'étonna Tristan.

— Je n'ai pas assez d'hommes, avoua le bandit avec candeur. De plus, quand nos ennemis atteindront le portail, les archers de Cassidy les auront décimés !

— Rien n'est joué d'avance ! protesta Tristan. S'ils

sont trop nombreux... repliez-vous vers le fleuve. Ne sacrifiez pas la ville entière sur un pari trop osé !

— En voilà assez ! Personne ne vous demande de rester ! Partez, si vous le souhaitez. Sinon, obéissez à mes ordres !

Tristan l'aurait volontiers agrippé par le col et secoué pour lui remettre les idées en place. La présence de Robyn, près de lui, l'apaisa.

— Je reste.

— Très bien, lâcha Hugh O'Roarke. Fiona, tu quitteras Doncastle cette nuit. Les femmes et les enfants se sont déjà réfugiés dans des grottes.

— Il n'en est pas question ! s'écria la jeune femme, tapant du poing sur la table. Je combattrai à vos côtés ! Mon père m'a appris à manier l'épée et à tirer à l'arc.

— Très bien... Tu auras une épée. Mais tu resteras près de moi du matin au soir. C'est compris ?

Fiona acquiesça.

— Vous êtes tous fous ! souffla Pontswain. Vous opposer à une armée — sans parler des sorciers — avec pour tout secours une poignée de hors-la-loi !

— Nous n'avons pas le choix ! gronda O'Roarke.

— Mais bien sûr que si ! Partons tous à Corwell ! Si Carrathal nous poursuit, il trouvera à qui parler... une fois que nous serons retranchés dans nos forteresses !

Sa proposition ne rencontrant aucun écho, Pontswain quitta la pièce.

*
* *

Durant leur longue marche dans les bois, pas une flèche n'avait sifflé à leurs oreilles.

C'était mauvais signe, songea Cyndre.

Par le passé, les soldats n'avaient pu faire un pas sans être constamment harcelés.

Cyndre ordonna une halte dans une clairière et mit ses plans au point avec les autres mages, et les quatre capitaines des brigades.

— Demain matin, une heure après l'aube, nous attaquerons en tenailles, expliqua-t-il. Le capitaine Dornthwait et deux brigades frapperont au nord-est. Au préalable, mon sortilège aura dégagé la voie. Ensuite, les autres compagnies achèveront le travail. Doncastle doit être détruite. Pillez tout votre content, puis brûlez les ruines.

« Les ogres attaqueront au nord-ouest. Que toutes les formations soient en place à la tombée de la nuit !

Les capitaines organisèrent leurs unités.

Enfin, l'aube pointa. A la tête des légions, Cyndre lança son sortilège.

— *Seeriax, punjiss withsath — Fore !*

Une fumée jaune malodorante dériva vers Doncastle.

Sur son passage, les écureuils, les oiseaux et les autres animaux expirèrent.

Cyndre savait que des défenseurs se camouflaient dans les arbres.

Le gaz mortel les délogerait.

*
* *

Le Chanprofond vibrait, atteignant son crescendo.

Dans la cité sous-marine, des milliers de sahuagins fascinés se rassemblaient, évoluant au rythme des notes...

Regroupés par les prêtresses, les noyés attendaient un ordre.

Le roi Sythissal leva une main palmée. Alors la frénésie de ses sujets n'eut plus de bornes. Ils se

propulsèrent à la surface, telle une masse hérissée de tridents...
Bientôt, ils furent en vue de la côte d'Alaron... le royaume de Callidyrr.
Au fond de l'eau, les morts-vivants suivaient.
Eux aussi remonteraient bientôt à l'air libre...

CHAPITRE XIX

LE VENT

Surplombant le Portail du Roi et les défenseurs, Pawldo, Daryth, Tristan et Robyn bavardaient à mi-voix, se rassurant de leur mieux.

Pour survivre, ils auraient besoin de toute l'aide possible.

Le Portail du Roi n'avait rien d'un portail : c'était une sorte de clairière permettant un accès aisé au nord-est de la ville. Les défenses étaient pour l'essentiel des fossés hérissés de barrières. Au-dessus se balançaient des passerelles reliant les chênes. Des archers s'y étaient installés.

Tristan et les siens se trouvaient à quelque douze pieds de haut.

Sourcils froncés, Robyn capta une odeur suspecte.

— Oh ! Regardez ! s'écria Pawldo.

Des volutes jaunes tirant sur le vert flottaient dans l'air.

Les compagnons sentirent la panique gagner les fantassins d'O'Roarke. La fumée empestait le mal. Certains luttèrent pour ne pas abandonner leur poste... et disparurent, engloutis par le gaz mortel.

Dans son sillage, le nuage magique laissait des corps convulsés par la souffrance et brûlés.

— Par la déesse... ! hoqueta Tristan, livide.

— Cyndre..., maugréa Daryth. Ce ne peut être que lui.

— Filons tant que nous le pouvons encore ! souffla Pawldo. Rien d'humain ne peut résister à ces démons !

— Une minute..., lâcha Robyn.

Elle seule gardait la tête froide.

Déjà, dans les rangs de la défense, une trouée d'une centaine de mètres avait été percée.

Robyn tira d'une poche son étrange bâton-rune et passa les doigts sur les gravures complexes. Puis elle le pointa vers le gaz jaunâtre.

Les autres défenseurs, moins courageux ou moins fous, avaient pris la fuite.

La fumée s'élevait lentement. Gagnant les arbres, elle faisait toujours plus de victimes.

Une brise légère se leva... L'œuvre de Robyn. Elle gagna en puissance et chassa les miasmes ensorcelés.

La brume jaunâtre se dispersa.

— *Ils* arrivent, souffla Daryth.

Au loin, on apercevait des uniformes rouges. La cadence des tambours augmenta.

Tristan descendit l'échelle jusqu'à terre et, brandissant l'épée de Cymrych Hugh, il s'écria :

— Hommes de Doncastle, ralliez-vous à moi ! Le pouvoir de la déesse a chassé le sortilège ! Battez-vous pour votre ville et pour votre peuple !

Mais les hurlements des ogres auraient sapé le moral des plus durs à cuire.

— Tristan ! cria Daryth, le rejoignant. Regarde autour de toi !

Le prince constata qu'il ne réunirait jamais assez de défenseurs pour barrer la route à l'ennemi. Le nuage mortel avait fait trop de ravages. Quant aux survivants, la plupart avaient fui.

— Le fleuve ! Replions-nous là-bas !

Tristan ramassa l'étendard du Lion Rouge et continua de haranguer les rares rescapés, qui faisaient une timide réapparition.

Hugh O'Roarke arriva, monté sur son destrier.

— Que faites-vous ? s'écria-t-il, horrifié. Pourquoi n'êtes-vous plus à vos postes ?

— Les sorciers ont envoyé des gaz mortels, expliqua le prince.

Blême de rage, le bandit fut prompt à réagir.

— Il *faut* tenir ! Je vais déplacer les autres troupes... L'ennemi ne doit passer à aucun prix !

— Ça ne fera qu'aggraver les choses ! protesta Tristan. Mieux vaut choisir notre terrain ! Regroupons-nous de l'autre côté du fleuve. Là, nous aurons une chance !

— Jamais ! Il n'est pas question de céder un pouce de terrain !

— Si vous dégarnissez les autres portails pour regrouper ici le gros des combattants, nous serons tôt ou tard pris à revers !

Mais O'Roarke n'écoutait plus. Furieux, il contemplait ce qui restait de la compagnie de l'Ours Rouge... Il brandit son épée, haranguant à son tour les survivants. Puis il partit.

Sa fierté le rendait sourd au bon sens.

Quel en serait le prix ?

*
* *

Alexei se surprenait lui-même, car sa soif de vengeance était inextinguible. Comme il avait hâte de repérer Kryphon et de le tuer ! Dire qu'ils étaient naguère les lieutenants de Cyndre, et de bons amis — du moins autant que c'était possible...

Alexei s'était protégé grâce à deux sortilèges : la

détection des auras magiques et la vision des objets invisibles.

Au Portail du Roi, le gros des défenseurs attendait.

Alexei arpenta les remparts et scruta le secteur sans rien repérer.

Ou son ennemi bénéficiait d'un camouflage exceptionnel, ou il était ailleurs.

Alexei se rendit au Portail du Seigneur, au nord-ouest. Pour être moins nombreux, les hommes ne semblaient pas moins déterminés à vendre chèrement leur peau.

Il vit Hugh O'Roarke arriver au galop et ordonner aux soldats d'abandonner leur position pour voler au secours de leurs camarades, au Portail du Roi. L'ennemi menaçait de les déborder.

Tous coururent dans le plus grand désordre, impatients d'en découdre.

Du coin de l'œil, le sorcier repéra du mouvement près d'une hutte sur un arbre. L'homme, qui se déplaçait furtivement, avait une robe noire et un capuchon gris. Il alla éprouver les pics de bois dressés à la hâte et éclata de rire.

Kryphon...

Juché sur les remparts, il était à cinq cents pieds d'Alexei. En un clin d'œil, celui-ci s'y téléporta, et incanta sans perdre une seconde.

Mais le bois avait grincé sous le poids du sorcier et Kryphon, réagi d'instinct. S'interrompant, Alexei plongea à terre à l'instant où une explosion détruisait le tronçon de remparts.

Durant sa chute, Alexei se rendit aussi léger qu'une plume et atterrit sans mal. Nimbé d'une aura émeraude, Kryphon réapparut.

— Ça alors ! lâcha-t-il, les yeux ronds. Salut, *camarade* ! Quelle surprise...

Doigts tendus, Alexei lui décocha cinq flèches magiques. Toutes se désintégrèrent au contact de la sphère verte.

— Je suis impressionné, je l'avoue..., souffla Alexei.

Sous son apparente placidité, il était à la recherche d'un plan.

Sans daigner répondre, Kryphon préparait l'offensive suivante.

— T'es-tu bien amusé avec Doric ? lâcha Alexei, cherchant à gagner du temps.

— Bah ! Elle est vite devenue assommante.

— L'as-tu envoyée tuer la druidesse ? Elle a échoué, tu sais...

— Elle a agi sans ma permission et elle n'ose pas reparaître devant moi. Quoi d'étonnant, puisqu'elle s'est fait battre à plate couture...

Alexei éclata de rire.

— Tu risques de l'attendre longtemps ! La druidesse l'a tuée !

S'il espérait désarçonner son adversaire, Alexei en fut pour ses frais. Haussant les épaules, Kryphon psalmodia.

Alexei plongea, évitant de justesse une toile gluante. Le globe d'invulnérabilité de Kryphon interdisait toute riposte. L'adversaire avait l'avantage. Comment lutter dans ces conditions ? Au fond de lui, une petite voix rappela à Alexei que seul *Kryphon* était hors d'atteinte.

Celui-ci se rapprochait de sa proie. Au-dessus de lui, Alexei remarqua un pan de passerelle en équilibre instable.

Kryphon s'apprêtait à porter le coup de grâce à son ancien ami.

Tandis qu'il souriait avec suffisance, Alexei lança un sort.

Index tendu, il frappa... là où Kryphon ne l'attendait pas.

L'âme damnée de Cyndre vit le tronçon de passerelle osciller dangereusement, le rayon magique tranchant tout ce qui le retenait encore en place...

La structure de bois tomba sur lui.

Son hurlement fut étouffé par le bruit.

Une tombe anonyme parfaite pour l'homme vil qu'avait été Kryphon.

Alexei fut vaguement déçu par la fin trop brutale de son ennemi. Il avait espéré la savourer davantage.

Effondré au pied d'un chêne, il fut tiré de ses rêveries par les échos d'un chant guerrier.

Au loin, les ogres avançaient vers le portail.

*
* *

Au Portail du Roi, les défenseurs combattaient honorablement contre des troupes supérieures en nombre. Une brigade de mercenaires humains tomba sous les coups des hommes d'O'Roarke, ou fut victime des tranchées hérissées de pics. A elle seule, l'épée de Cymrych Hugh but le sang d'une dizaine d'ennemis.

O'Roarke chargeait au milieu de la mêlée, abattant sans répit son épée à deux mains. Il semblait né pour batailler.

Puis les ogres survinrent.

Hugh O'Roarke mena une contre-attaque inutile. Des dizaines d'hommes moururent autour de lui, le forçant à reculer... jusqu'à ce qu'il batte en retraite à son tour.

C'était un désastre. Dès l'apparition des monstres, la nouvelle se répandit comme une traînée de poudre : la défaite était consommée !

Les guerriers de Doncastle fuirent dans le chaos et la confusion.

Plutôt que de mourir en vain, Tristan et ses compagnons se joignirent à eux. Dans la cohue, Robyn et le prince furent séparés. Paniqué, Tristan allait dégainer son épée pour forcer les fuyards à s'écarter quand la druidesse réussit un miracle : yeux clos, elle n'avança plus d'un pas.

Les hommes la contournèrent.

Puis Tristan et Robyn, réunis de nouveau, furent rejoints par Fiona. Le Portail du Druide passé, ils regagnèrent la forêt.

Derrière eux, ils abandonnaient une ville à feu et à sang.

— Que faire maintenant ? soupira Robyn. Les rebelles ne peuvent pas fuir au bout du monde... Le roi et son sorcier veulent-ils les exterminer ?

Tristan détourna le regard.

— Je suis sûr que ce mage entend écraser toute résistance.

— Avant de passer à Gwynneth, puis... à Moray ? Tristan, nous devons faire quelque chose !

— Quoi donc ?

— Rattrapons les fuyards et continuons la lutte !

— Elle a raison ! s'écria Daryth. Les hommes de Doncastle fuient — en d'autres termes, ils sont *vivants* ! Reprends-les en main et tu auras une véritable armée !

— Il le faut ! renchérit Fiona. Mon père a donné sa vie pour nous... Et voilà Doncastle anéanti ! Ça ne peut pas continuer ainsi, ou tous ces sacrifices auront été vains !

— Les légions du roi sont trop nombreuses. Ce sera un massacre.

— Ce n'est pas ce que tu disais, l'an dernier, face à des envahisseurs supérieurs en nombre, lui rappela sèchement Robyn.

— Pourquoi crois-tu que le roi a lancé la seule Garde Ecarlate dans la bataille ? renchérit Daryth. Ses autres vassaux ne seraient-ils pas fiables ? Une victoire contre Carrathal pourrait retourner la situation politique, mon ami.

Ils avaient raison... Tristan se devait au moins d'essayer.

— Très bien... Qui vivra verra.

*
* *

— Quel merveilleux combat ! s'exclama Carrathal. Quelle victoire fantastique !

Depuis son carrosse, il regardait Doncastle brûler, persuadé d'avoir balayé la rébellion.

— Maintenant, retournons à Caer Callidyrr. Il faut fêter ça !

— Sire, je crains que tout ne soit pas terminé, dit Cyndre, de retour d'un conseil de guerre.

— Comment cela ?

— L'usurpateur n'est pas parmi les cadavres. Kryphon et un autre de mes mages ont payé la victoire de leur vie. Désormais, je fais de la chute de ce prince rebelle une affaire personnelle ! Nous célébrerons la victoire lorsqu'elle sera complète.

— Nous leur avons donné une leçon ! Retournons au palais et je décréterai des réjouissances comme Callidyrr n'en a jamais connu !

— Non, altesse. Nous devons...

— Qu'entends-je ? Vous osez dire « non » à votre suzerain ?

Cyndre renonça aux civilités :

— Pauvre ver de terre ! Tout ce que vous êtes, vous me le devez ! Vous n'avez ni gratitude ni bon sens !

— Je suis le roi ! Comment osez-vous vous adresser à moi sur ce ton ? Retirez-vous ! Je donnerai l'ordre moi-même !

Le mage laissa exploser sa rage ; le monarque s'effondra, le regard vide. Sa couronne glissa sur le sol.

— *Je* vais donner les ordres, *altesse*..., siffla Cyndre.

*
* *

Guettant un signe de son dieu, Hobarth festoyait. Pour tromper son ennui et son impatience, il s'amusait à animer les druides tués au combat et à les faire manœuvrer à la tête des autres morts-vivants.

Seules la Source de Lune et les douze statues conservaient un semblant de pureté.

Enfin, Bhaal se manifesta.

Les morts-vivants encore entiers jetèrent les cadavres désarticulés dans la Source de Lune.

La mort souilla les eaux sacrées.

Toute lumière en disparut.

La Source de Lune tourna au noir.

CHAPITRE XX

LE FEU

Les nains réapparurent au soleil. Malgré leur haine de l'astre du jour, les duergars ne tarderaient pas à surgir pour traquer les vaincus.

Des trois cents nains de Finellen, il en restait à peine la moitié. Nul ne se faisait d'illusion : les milliers de duergars lancés à leurs trousses les massacreraient jusqu'au dernier.

Les survivants se tenaient sur la côte ouest d'Alaron, entourés de falaises battues par les flots.

Les nains de Finellen partirent à la recherche d'un terrain où vendre chèrement leur peau.

*
* *

Les compagnons de Tristan fuyaient dans les bois, poursuivis par les cris des malchanceux rattrapés par les ogres et exécutés séance tenante.

Puis le petit groupe fit halte à l'abri d'une pinède.

— Nous avons couvert une grande distance, lâcha Daryth. A la prochaine ville, attendons les autres rescapés de Doncastle et tentons d'en rallier le plus possible à notre cause.

Effondré contre un arbre, Tristan était encore accablé par la défaite. Ce nouveau plan lui semblait désespéré.

Mais il n'y avait rien d'autre à tenter.

Continuant vers le sud-ouest, ils atteignirent un hameau entouré de champs. Plus loin, la forêt reprenait ses droits.

— Où sont passés les habitants ? s'étonna Daryth.

Il n'y avait pas âme qui vive. Même le bétail avait disparu.

— Regardez ! s'écria Fiona.

D'autres survivants de Doncastle surgissaient à leur tour, épuisés.

Un homme se détacha de la colonne pour avancer vers eux.

— Alexei !

Le prince se précipita à sa rencontre.

— Quelle joie de vous revoir en vie, dit le mage. Beaucoup n'ont pas eu cette chance.

— O'Roarke ?

— Je ne sais pas. Peut-être est-il resté avec le gros de sa troupe.

— Je pensais que tous se regrouperaient ici...

— L'armée du roi ne nous a laissé aucun répit. La majorité d'entre nous ont dû fuir au sud. Cyndre veut nous forcer à quitter la forêt...

— Tôt ou tard, fit Tristan, ces pauvres gens seront rattrapés et passés au fil de l'épée. Nous *devons* les aider et contre-attaquer.

Il se tourna vers les rescapés. Beaucoup avaient suivi la conversation avec intérêt. Mais le suivraient-ils sur cette voie-là ?

— Hommes d'Alaron ! Notre cause n'est pas perdue ! La déesse est avec nous ; nous avons porté de rudes coups au roi. Un de ses sorciers les plus puissants nous a rejoints. Ralliez-vous à moi !

— Qui es-tu ? demanda un homme. Quelqu'un qui veut nous voir tous morts ?

— Je suis Tristan Kendrick, prince de Corwell.

— Corwell ? De quel droit commanderais-tu les hommes de Callidyrr, prince ?

— Du droit que me confère le Ppeuple *et* ce symbole de notre passé : l'épée de Cymrych Hugh !

Il brandit l'arme.

Tristan gagnait des points ; ça se voyait à l'expression de son maigre auditoire. Mais une poignée de guerriers restaient sceptiques. Celui qui avait pris la parole continua :

— C'était donc vrai... Néanmoins, ça ne nous laisse aucun espoir.

— N'avons-nous pas affronté la Garde Ecarlate au Portail du Roi ? Seule une grossière erreur tactique nous a conduits à la débâcle !

— Oh ! Regardez ! cria soudain quelqu'un.

Au nord, on apercevait des éclairs rouges entre les arbres.

La Garde Ecarlate les avait rattrapés et encerclés !

— Sauve qui peut !

— Un instant ! lança Robyn d'une voix autoritaire, les mains sur les hanches. Ecoutez-moi : si j'arrête ces mercenaires, vous joindrez-vous à nous ? Je vous lance le défi ! Relevez-le si vous êtes des hommes !

Certains que la jeune femme ne gagnerait pas, tous acquiescèrent.

Robyn s'éloigna à la rencontre des ogres. Elle sortit le bâton-rune, l'effleura avec révérence, puis dessina une ligne dans les airs.

Son assurance était sidérante.

Elle cria un mot inintelligible.

Les ogres chargèrent en la voyant... mais ils ne l'atteignirent jamais.

Des flammes jaillies du sol les dévorèrent.

Le choc passé, les fuyards hurlèrent leur joie et tinrent parole.

Tristan et les siens reprirent leur route à la tête d'une centaine d'hommes.

Pour quelle destination ?

Qui aurait pu le dire ?

*
* *

Yazilliclick et Newt eurent le choc de retrouver Doncastle en ruines.

Où était passée leur amie Robyn... Et les autres ?

Ils passèrent la journée à fouiller les environs, tombant çà et là sur de petits groupes de réfugiés.

Et toujours aucune trace de la druidesse...

Une fois en vue de la Mer des Sélénæ, le désespoir les submergea.

Puis le dragon coupa court aux lamentations de l'esprit follet en désignant une étrange colonne de combattants, en contrebas...

En un clin d'œil, il se rematérialisa près d'une vieille amie...

— Finellen ! Quelle bonne surprise ! (La naine sursauta et l'agonit d'injures.) Dis-moi, aurais-tu vu Robyn récemment ?

*
* *

Au fil des heures, le groupe de Tristan s'enfla, car les pauvres gens de rencontre se joignaient à lui.

Le moral et l'espoir revenaient au galop. A chaque halte, le prince de Corwell fragmentait ses recrues en équipes chargées de tailler des pieux en bois pour réarmer tout un chacun.

Le jour suivant, ils tombèrent sur d'autres fuyards... Pontswain et O'Roarke marchaient en tête.

— Prince de Corwell..., commença le bandit avec

une hostilité à peine voilée, je vois que vous avez réuni quelques-uns de mes hommes.

— Ils ne sont plus vôtres, seigneur Roarke. Vous avez perdu tout droit sur eux depuis que vous les avez menés au désastre. Vous étiez le seigneur de Doncastle, et cette ville n'existe plus. Si vous le souhaitez, demandons leur avis aux survivants.

— Alors, faute de détrôner le Haut Roi, vous cherchez à prendre ma place ?

— Ne vous faites pas plus idiot que vous l'êtes ! cracha Fiona, s'interposant entre les deux chefs. En une semaine, il en a plus fait contre l'ennemi que vous en une vie ! Maintenant, vou*s devez* l'aider !

— Comment oses-tu... ?

— Comment osez-*vous* jouer les commandants ? aboya Tristan. Votre entêtement a coûté la vie à des centaines de vos compagnons ! Et votre manque criminel de bon sens a détruit Doncastle !

Les accusations du prince touchèrent profondément l'ancien seigneur. Par-devers lui, O'Roarke s'était fait les mêmes reproches. Mais personne, avant Tristan, n'avait osé les lui jeter à la figure.

— Tout n'est pas encore perdu, continua le prince. Joignez-vous à nous et prenez votre revanche contre la Garde Ecarlate ! Unis, nous pouvons encore remporter la victoire !

Hugh O'Roarke garda le silence un moment. Puis il s'agenouilla et tendit son épée, garde en avant. Soulagé et reconnaissant, Tristan la saisit.

— Debout, mon seigneur !

Les deux groupes laissèrent éclater leur joie.

A présent, la petite armée était forte de cinq cents âmes.

— Pontswain ? demanda Tristan. Tenteras-tu la chance avec nous ?

— C'est une cause perdue d'avance... Je mourrai ici puisque je n'ai pas le choix. Mais sache ceci, prince : nos trépas sonneront le glas de Corwell !

C'était pure folie de lier mon sort au tien. Maintenant, il est trop tard.

Pontswain s'éloigna, visiblement écœuré.

— Il a tort, fit Robyn à voix basse. Ces soldats n'ont pas dit leur dernier mot. Nous *pouvons* vaincre !

— Je commence à le croire... Encore quelques jours de repos et nous aurons une solide troupe sous nos ordres.

*
* *

Au sud, ils atteignirent un village de pêcheurs : Codfin. Il n'y avait aucun signe d'activité.

— Daryth et O'Roarke, restez avec les hommes, dit Tristan. Je veux jeter un coup d'œil d'abord.

Robyn et lui partirent en reconnaissance.

Ils découvrirent un carnage.

Une centaine de pauvres gens gisaient, déchiquetés d'inhumaine façon. Il ne restait pas âme qui vive.

— Qu'a-t-il pu se passer ? souffla la jeune femme, livide. Les ogres ne démembrent pas leurs proies de la sorte. De toute façon, ils auraient tout brûlé. Même les sorciers n'agiraient pas ainsi !

Une petite voix lui soufflait que ce cauchemar faisait partie d'un dessein précis...

Les jeunes gens découvrirent d'étranges empreintes sur du sable mouillé : des pieds palmés, des pattes griffues...

Le prince se souvint.

— Les sahuagins sont sortis de l'eau !

*
* *

— Que fiche un écervelé comme toi dans les parages ? lâcha Finellen, d'humeur maussade.
— Je cherche Robyn, je te l'ai dit ! s'exclama Newt. Même une naine peut comprendre ! Mais toi, que fais-tu là ?

Finellen poussa un gros soupir.
— Nous fuyons un champ de bataille pour en trouver un autre, où nous pourrons mourir avec honneur.
— Quelle idiotie ! On dirait que vous faire étriper vous amuse ! Retrouver Tristan et Robyn ne vous tente pas davantage ?
— Que sais-tu que j'ignore ? Parle, asticot !
— Si tu crois que je réponds quand on m'insulte... *Asticot !* Si tu n'étais pas l'amie de mes amis, tu verrais un peu...
— Newt, je te préviens : ma patience est à bout !

Le dragon hésita :
— Eh bien, tout a commencé quand nous sommes retournés à Doncastle...

*
* *

Le soir suivant, Tristan estima avoir réuni un millier de soldats. Mais de tels mouvements de troupes ne pouvaient passer longtemps inaperçus. Des cavaliers les suivaient à bonne distance. Bientôt, l'armée du roi lancerait une offensive.

Le piège se referma sur les rebelles : la mer s'étendait à l'ouest, des falaises barraient la route à l'est. Au nord et au sud, l'ennemi avait pris position.
— Mon prince ! s'exclama Alexei. Qui sont ces gens-là ?

Il désignait une étrange colonne qui descendait des hauts plateaux.

Arrivée en surplomb d'une des brigades du Haut Roi, la petite troupe provoqua une avalanche...

Ce coup de main inespéré était un signe des dieux.
— En avant ! beugla Tristan, épée au poing. Tous là-bas !

Un millier de braves hurlèrent à la mort...

Et ils chargèrent.

La poussière soulevée par le glissement de terrain retombait à peine que les rebelles surgissaient devant leurs ennemis survivants, encore sous le choc.

Les soldats de Tristan n'en firent qu'une bouchée.

Ensuite, le prince mena ses hommes vers le promontoire rocheux qui surplombait la plaine.

Au sommet, Finellen et cent cinquante nains — ceux qui venaient de provoquer l'avalanche providentielle —, les attendaient, sourire aux lèvres.

*
* *

Le soleil sombra dans la Mer des Sélénæ.

Le promontoire était idéal pour soutenir un assaut. A l'ouest, la roche avançait dans la mer. Ce serait le dernier terrain de repli des rebelles.

L'armée des duergars noircissait la plaine.

L'assaut serait donné au matin. Les ogres campaient au pied du promontoire ; les mercenaires humains occupaient l'est pour barrer toute voie de retraite à l'intérieur des terres.

Tristan contemplait son destin les yeux grands ouverts : le sort des rebelles se déciderait dans les prochaines heures.

Il y avait tout à parier qu'ils seraient exterminés jusqu'au dernier.

*
* *

Alexei se réveilla au milieu de la nuit.
Transi, il analysa son malaise.
Cyndre était proche.
L'heure fatidique avait sonné.
Le sorcier se volatilisa. Personne ne le vit réapparaître plusieurs lieues au nord, sur une côte déserte.
Déserte ? Pas tout à fait...
Invisible, Alexei observait une colonne de chariots et de fantassins...
L'armée du roi.
Il vit passer le carrosse royal, auréolé d'émeraude — donc inattaquable —, puis le conseil des sorciers... Combien de fois avait-il voyagé à bord du même carrosse ? Wertam, Talraw et Kerianow y sommeillaient sûrement.
Leur trépas énerverait Cyndre.
La boule de feu pulvérisa l'attelage et le carrosse, semant la panique.
Quand on chercha l'agresseur, il avait disparu depuis longtemps.

*
* *

La situation évoluait de splendide façon.
Retournant à intervalles réguliers dans leur élément naturel, les sahuagins faisaient des ravages le long de la côte ouest. Ils déchiquetaient les humains, dévorant à belles dents leurs enfants. Puis Sythissal et son armée atteignirent le promontoire où, selon Cyndre, l'ennemi s'était retranché.
A l'aube suivante, les sahuagins, les morts-vivants, les nains noirs, les ogres et les hommes de la Garde Ecarlate attaqueraient.
Bhaal se frottait les mains.

CHAPITRE XXI

LA TERRE ET LA MER

— Mon prince !
Robyn tira Tristan du sommeil pour lui montrer l'éclat d'une explosion magique dans le lointain.
— Tu ne dormais pas, ma chérie ?
— Non... Depuis des heures, je sens une... présence maléfique. Tristan, j'ai peur. Il se prépare quelque chose d'aussi horrible que l'assaut de la Bête et de ses morts-vivants !
Il la serra contre lui. Il savait qu'elle avait raison. Tous deux mourraient sur ce rocher perdu entre ciel et mer.
Et tout ça pour quoi ?
— Robyn... Par la déesse, je t'aime !
Il l'embrassa et laissa la sérénité de leur amour l'apaiser.
— Tu m'as tellement manqué, Robyn... J'étais décidé à venir te chercher chez ta tante quand le malheur a frappé... (Elle sourit à travers ses larmes.) Mais comment m'interposer entre la déesse et toi ? Toutefois... Si tu avais une place dans ta vie pour un époux...
Elle l'embrassa, presque mutine.

— Etre reine ne me déplairait pas... Naturellement, tu devras d'abord conquérir un royaume pour moi...

Le soleil se leva.

L'alarme retentit peu après.

*
* *

Les yeux exorbités, O'Roarke, Daryth, Pontswain et Pawldo virent surgir des brumes des sahuagins jaunâtres avançant au milieu de morts-vivants !

Les squelettes progressaient à pas saccadés, comme de monstrueuses marionnettes ; d'autres avaient la chair gonflée et rongée par l'eau de mer. Chaque pas en faisait tomber des lambeaux.

Derrière marchaient un millier de duergars. Leur cri de guerre résonna dans la plaine.

— *Maintenant !* beugla O'Roarke.

L'avalanche préparée durant la nuit ralentit à peine l'armée d'outre-tombe. Après celle de la veille, il restait fort peu de rochers pour faire pleuvoir la mort sur l'ennemi.

Les duergars escaladèrent le versant le moins escarpé du promontoire.

Bientôt, les adversaires croisèrent le fer.

Le tumulte était infernal.

Côte à côte, Pawldo et Daryth faisaient des ravages dans les rangs des zombies et des squelettes.

Hugh O'Roarke poussa un terrible beuglement et chargea avec ses hommes, étripant les duergars à tour de bras.

Mais les nains noirs paraissaient innombrables.

*
* *

Au côté des ogres, les sahuagins évoquaient quelque monstrueux serpent aux écailles irisées.

Tristan, Robyn, Alexei, Finellen, Newt et l'invisible Yazilliclick les surplombaient. Derrière, la bataille faisait rage entre les duergars et les hommes de Doncastle. Le prince ne pouvait être partout : secondé par Daryth et par Pawldo, O'Roarke, de ce côté-là, assurait seul la défense.

Les nains s'élancèrent contre les ogres, peu experts en escalade.

Quant aux sahuagins, étrangers à la terre ferme, leurs efforts n'étaient pas davantage couronnés de succès.

Mais les ogres étaient trop nombreux pour les nains.

Tristan et une vingtaine de téméraires vinrent à leur rescousse. En voyant les humains se lancer à leur tour dans la gueule du loup, les monstres sourirent d'anticipation.

C'était compter sans une certaine druidesse...

Elle cria un mot de pouvoir puis courut rejoindre Tristan.

Du sol, deux colosses jaillirent. Composés de terre et de roche, ils avaient une forme vaguement humaine.

Les ogres n'en menèrent pas large.

— Ce sont des élémentals, expliqua Robyn. Grâce à mon bâton-rune, je peux les invoquer. Genna m'a fait ce don.

De leurs poings énormes, les créatures eurent tôt fait de réduire les ogres en bouillie, écrasant les crânes et défonçant les cages thoraciques.

Sans demander leur reste, les survivants tournèrent les talons.

Mais à force de persévérance, les sahuagins s'étaient rapprochés de la crête — et des humains.

Ils ne tardèrent pas à déborder les défenseurs.

Alors les hommes-poissons eurent accès à la dernière retraite des assiégés, sur la presqu'île.

*
* *

Les hommes de Doncastle se massèrent sur l'étroite bande de roche qui reliait l'île au continent.

— Reculez ! cria Tristan.

Se passant l'ordre de bouche en bouche, les soldats se replièrent, fuyant les nains noirs et les morts-vivants. Ils devaient briser l'encerclement des sahuagins.

— Chargez ! beugla Finellen.

Une centaine de nains fondirent sur les hommes-poissons.

O'Roarke et ses hommes les rejoignirent pour tailler en pièces les sahuagins. Le seigneur luttait comme un démon.

Les rebelles battirent en retraite tandis que les nains et quelques humains tenaient les attaquants en respect. Au côté de Finellen, Tristan et Canthus ferraillaient comme de beaux diables.

Blessé à plusieurs endroits, le prince ne sentait presque plus ses bras à force de frapper et de parer.

De l'autre côté, O'Roarke et Daryth, à la tête de leur compagnie, repoussaient les nains noirs et les noyés ambulants. Eux aussi luttaient avec une précision d'automates. Près d'eux, les cadavres ne cessaient de s'entasser.

Une fois les défenseurs réfugiés sur la presqu'île, Tristan, Daryth, Finellen et Hugh O'Roarke se regroupèrent au centre de la bande de terre, à quelque cinquante pieds au-dessus des flots, pour repousser une horde de duergars, de sahuagins, de cadavres réanimés, d'humains à la solde des sorciers et d'ogres.

Sauvant Tristan d'un estoc, O'Roarke fut assailli par des hommes-poissons à l'instant où le prince esquivait le coup de hache d'un duergar.

Traîné au cœur de la masse sanguinaire de sahuagins, le seigneur rebelle rugit de défi. Deux ennemis payèrent leur audace de leur vie avant qu'O'Roarke succombe sous le nombre.

Alors, la terre gronda.

Le monde parut se désintégrer.

*
* *

Juché sur le toit de son carrosse, Cyndre observait la bataille.

Il guettait l'instant où Alexei se trahirait.

Et mourrait.

Hélas le gredin n'était pas né de la dernière pluie.

Pourtant, Cyndre se savait bien supérieur à son ancien lieutenant. Tôt ou tard, il l'aurait. Il suffisait d'un peu de patience...

Dans le carrosse, le roi marionnette était définitivement brisé. Le regard vague, il débitait des paroles inintelligibles.

Cacher sa déchéance à la Garde Ecarlate n'était pas facile. Mais après la victoire, cela n'aurait plus d'importance.

Cyndre se volatilisa.

*
* *

Sur le plus haut pic du promontoire, Alexei observait aussi le conflit. Lui aussi cherchait à repérer son ennemi juré, car il lui tardait de voir Cyndre se tordre de douleur et expirer.

Aurait-il les moyens de l'emporter contre un maître sorcier ? Alexei en doutait, mais il était prêt à sacrifier sa vie pour emporter Cyndre avec lui dans la tombe.

Soudain, il sentit de nouveau une aura menaçante... très proche.

Alexei fit volte-face à temps pour voir Cyndre se matérialiser.

Le maître repoussa sa capuche, dardant sur sa proie son regard glacial.

Alexei recula. Désespéré, il chercha un sort susceptible de lui faire gagner un peu de temps.

— *Stuparkh !* cracha Cyndre.

Une vague d'énergie plaqua son ancien lieutenant à terre et le paralysa.

Réduit à l'impuissance, Alexei regarda approcher son ennemi.

Pourquoi Cyndre prenait-il tant de peine au lieu de le tuer ?

Le maître sorcier répondit à sa question muette :

— Tu as bien appris tes leçons... Ces derniers jours, tu m'as donné assez de fil à retordre, et tu as tué mes plus proches valets... Ces gens-là comptaient sur ma protection.

« Ton exécution ne suffirait pas à te faire expier. Pour commencer, tu assisteras à l'extermination des rebelles, ces imbéciles que tu prétendais soutenir contre *moi* ! Ensuite, tu seras sacrifié à Bhaal. Cette fois, tu ne m'échapperas plus !

Chaque syllabe de l'incantation qu'il prononça frappa Alexei avec la force d'un coup de poing.

Son âme allait lui être arrachée du corps pour être condamnée à une éternité de souffrances.

Jusqu'à ce que le maître sorcier le libère en lui accordant enfin la mort.

*
* *

Robyn serrait son bâton-rune. Déjà, elle avait recouru à trois éléments : le vent, le feu et la terre.

Elle hésitait encore à invoquer l'eau.

Autour d'elle, les assiégés allumaient des torches de

fortune, se préparant à soutenir l'assaut des hommes-poissons.

Robyn remonta au sommet du promontoire pour avoir une vue panoramique du combat : l'épée du prince de Corwell jetait des éclats triomphants. Tristan exécutait une danse guerrière impressionnante. Les uns après les autres, les ogres expirèrent, terrassés par l'épée de Cymrych Hugh.

Comme en transe, Robyn s'éloigna. Partout régnait la folie du combat.

A l'est, les humains de la Garde Ecarlate luttaient pour atteindre la crête. Au sud, lentement mais sûrement, les nains noirs et les morts-vivants arrachés à la mer gagnaient du terrain. Quant aux ogres et aux sahuagins, ils continuaient d'en découdre contre les hommes et les nains.

Robyn remarqua une silhouette solitaire non loin de sa position... Alexei !

Elle courut vers lui.

Et s'immobilisa, choquée.

Le sorcier noir qui se penchait sur Alexei devait être Cyndre.

Robyn parla à l'herbe et à l'air :

— *Thesallest yu, rotherca !*

Des essaims de guêpes, de moustiques, d'abeilles et de mouches se matérialisèrent et fondirent sur l'homme que désignait la druidesse.

Absorbé par son incantation, Cyndre ne vit pas le danger. Piqué à des dizaines d'endroits, il hurla de saisissement et tituba.

Robyn s'agenouilla sur l'herbe.

— Mère, tes enfants naissent. Fais qu'ils grandissent !

Aussitôt, des lianes et des ronces jaillirent du sol pour entraver le sorcier. Malgré les efforts qu'il fournit, les plantes tinrent bon.

La terre trembla... et parut se déchirer comme une feuille de papier.

Précipitée sur le dos par la violence du choc, Robyn se redressa et vit une crevasse courir vers eux.

Cyndre poussa un hurlement d'horreur.

Telles les mâchoires d'un monstre, le gouffre coupait en deux la colline. Bientôt, il atteindrait le point où Cyndre et sa victime étaient tous deux paralysés.

Cyndre bascula le premier...

Les yeux exorbités, le maître sorcier tenta de se retenir à la robe d'Alexei.

En vain.

Il sombra.

Lentement, le gouffre se referma sur lui.

Sous le coup d'une inspiration subite — ou divine ? —, Robyn s'allongea, face contre terre, et jeta son bâton-rune dans la fissure juste avant qu'elle se referme.

Alors la jeune femme pria.

*
* *

La frénésie des guerriers s'évanouit quand la terre gronda. Beaucoup furent précipités dans ses entrailles comme autant de puces tombées du dos d'un chien qui se secoue. Partout, les ogres, les hommes, les nains et les sahuagins agrippaient pathétiquement les touffes d'herbe.

Restés debout, les morts-vivants furent pour la plupart engloutis par le séisme. Les autres roulèrent jusqu'au bas de la colline.

Une formidable tempête souffla sur la mer ; les lames s'écrasèrent contre les falaises. Des montagnes d'eau s'abattirent sur les rochers, toujours plus hautes et menaçantes.

La terre se convulsa de nouveau ; un pan de falaise glissa, emportant avec lui des centaines de sahuagins. Une autre secousse sismique ébranla la bande de terre qui reliait le promontoire au continent, précipitant à leur perte des ogres, des soldats et des duergars.

— En arrière ! hurla Tristan.

Devant l'imminence du désastre et la furie des éléments, tous les défenseurs battirent en retraite.

Englouti par une lame, le pont naturel disparut.

Le Ppeuple de Tristan restait isolé entre ciel et mer, sur une *île* battue par les flots. La péninsule n'existait plus...

Eberlué par ce spectacle, le prince de Corwell écoutait gronder la terre et la mer. Même les duergars avaient cessé de crier.

Les troupes du roi battirent à leur tour en retraite.

Mais la mort fut plus rapide.

Ebranlés par les lames de fond successives, des pans de falaise continuèrent à se détacher. Des tonnes de terre et de rocs furent emportés par le tremblement de terre.

Les sahuagins qui parvinrent à replonger dans l'eau nagèrent vers le large tandis que leurs congénères périssaient par milliers. La brigade des ogres fut la suivante à subir le même sort. Une multitude de monstres tombèrent à la mer d'assez haut pour être tués sur le coup si, par extraordinaire, il leur restait un souffle de vie.

Les nains noirs s'égaillèrent comme des rats — en pure perte. Où qu'ils fuient, la mort les rattrapait. Des centaines de petits guerriers se cramponnèrent aux lèvres des fissures. Mais la secousse suivante leur faisait invariablement lâcher prise.

Beaucoup basculèrent également dans la mer.

Les mercenaires humains du roi, qui avaient gardé un semblant de discipline devant la furie des éléments, n'échappèrent pas non plus à leur destin. Ils sombrèrent dans les flots avec des tonnes de roches.

Un raz de marée déferla sur ce qui restait des falaises du continent, emportant les derniers survivants dans un tourbillon d'eau, de terre et de roche.

La mer semblait vouloir dévorer la côte.

Quand la catastrophe prit fin, de l'armée du Haut Roi des Sélénæ, il ne restait qu'*un* élément : un carrosse noir aux coussins pourpres, avec son attelage d'étalons.

Autour, la terre continuait de s'effriter. Une roue bascula dans le vide, puis une deuxième...

Les chevaux tombèrent les premiers.

Quand le calme revint, le Ppeuple de Tristan, seul rescapé de la catastrophe, était séparé du continent par une demi-lieue.

Là où se dressaient encore des falaises quelques instants plus tôt, une baie venait de naître.

La tempête retomba.

La mer retrouva sa placidité apparente.

*
* *

— Vous avez vu ça, les gars ? lança Newt. J'espère que vous ouvriez bien vos mirettes, car un spectacle pareil, ça n'arrive qu'une fois dans sa vie !

— Tu me rassures..., lâcha le prince, tremblant comme une feuille.

Aussi choqués que lui, Robyn et Canthus restaient à ses côtés ; Daryth, Pawldo, Fiona et Finellen faisaient l'état des lieux. Pontswain s'était assis à l'écart pour mieux ruminer. On l'eût dit déçu que ses sombres prophéties ne se fussent pas vérifiées.

Enfin, il se joignit au conseil de guerre.

— La falaise est escarpée, commença Daryth. Elle fait bien cent pieds de haut. Mais en deux jours, nous devrions pouvoir la négocier. Traverser la mer est un autre problème. Mais il y a quelques très bons nageurs parmi nous. Si aucun bateau de pêche ne passe à proximité, nous les enverrons chercher de l'aide sur le continent.

— Combien sommes-nous ? demanda Tristan.
— Environ trois cents, répondit son ami.

Trop de braves avaient péri dans cette bataille ! songea le prince, avec un pincement au cœur.

Le sacrifice d'O'Roarke était gravé pour toujours dans sa mémoire.

— Ma compagnie compte encore soixante-dix-neuf nains, annonça Finellen. Je ne pensais pas que nous en réchapperions, cette fois. Félicitations, mon garçon : tu as des amis extrêmement puissants !

Le prince prit Robyn par la main. Les deux jeunes gens se serrèrent l'un contre l'autre.

— La prophétie, Tristan..., fit-elle à mi-voix. T'en souviens-tu ?

— Je n'y pensais plus...

— *Vent et feu, terre et mer tout luttera à son côté quand viendra pour lui l'heure de coiffer la couronne.*

— Tu as raison, Robyn... Le vent a dissipé le gaz mortel à Doncastle. Et le feu a vaincu la brigade des ogres, dans la clairière où nous nous étions réfugiés...

— Et j'ai vu les élémentals surgir du sol pour faire de la bouillie d'ogres ! renchérit Newt. Quant à ce tremblement de terre providentiel...

— Tout cela est une suite de coïncidences, car il ne peut s'agir de moi ! fit Tristan. Souvenez-vous du début de la prophétie : « *Son nom sera Cymrych et cette épée sera la sienne.* »

Finellen ne cacha pas son amusement.

— Connais-tu un Cymrych, mon garçon ?
— Non... Aucun de vivant en tout cas.
— Moi non plus... de *ton* vivant. En règle générale, je me frotte rarement aux humains. Mais après avoir vécu quatre siècles, j'en sais un peu plus long que toi.

L'âge réel de Finellen surprit Tristan.

— Eh oui ! Le temps passe..., ironisa-t-elle. Bref, quand j'étais plus jeune, la moitié des mâles de Gwynneth s'appelait Cymrych, en l'honneur du héros Cymrych Hugh. Après ça, pour faire encore le tri entre les Cymrych de l'Ouest et ceux du Sud... Tu vois le tableau. Quoi qu'il en soit, au fil du temps, les noms se sont altérés.

— Comment ça ?

— C'est pourtant simple : Cymrych est devenu Kim-Rick, puis Kimball, Cambridge, Kincaid... et Kendrick.

— Alors, s'écria Pawldo, ton nom d'origine est bien Cymrych ! Félicitations, Votre Altesse Sérénissime !

Trop sonné pour répondre, Tristan éclata de rire. Avant tout, il avait voulu unir le Ppeuple.

Une heure plus tôt, il était certain de vivre ses derniers instants...

La transition, aussi brutale qu'inespérée, lui donnait le vertige.

— Oh ! Regardez ! s'exclama Fiona, bondissant sur ses pieds.

Le prince la rejoignit en deux enjambées.

Un cercle d'une blancheur inouïe était apparu à la surface de l'eau.

— C'est *elle*, fit Robyn, mystérieuse.

Un geyser s'éleva, atteignant presque quatre-vingts pieds de haut.

Tristan comprit à quoi sa bien-aimée faisait allusion.

La fontaine surnaturelle s'immobilisa à l'aplomb des survivants, réunis en demi-cercle. Puis elle couvrit les hommes et les nains d'une pluie bienfaisante avant de disparaître aussi soudainement qu'elle était apparue.

Sur l'île, elle laissait un objet d'or étincelant.

Une simple couronne d'or à huit pointes.

— La couronne des Sélénæ, chuchota Robyn, tombant à genoux.

Tristan l'imita. Yeux clos, la druidesse pria avant de saisir la couronne et d'en coiffer l'élu de son cœur.

Emu, le prince se releva et se tourna vers ses hommes.

Leurs acclamations retentirent avec la force de cris de guerre.

— Longue vie au roi ! Vive le roi Kendrick !

Robyn l'étreignit avec fougue.

Tristan débordait de joie.

Avec tendresse, il regarda Robyn, les yeux pleins de larmes, puis ses fidèles entre les fidèles : Daryth, Pawldo, Finellen...

Quand le regard du nouveau souverain se tourna vers le continent, Robyn devina son malaise et se serra contre lui.

— Oui, le danger nous guette encore. Viens avec moi libérer les druides de notre vallée.

— Bien sûr. Dès que nous aurons un bateau...

— Je viens ! s'écria Pawldo.

— Et moi aussi, renchérit le Calishite.

— C'est bien la première chose sensée qui tombe de tes lèvres, Tristan ! s'écria Pontswain, ravi à la perspective de revoir son Corwell natal.

— C'est sur mon chemin, de toute manière, grommela Finellen. Ainsi, j'aurai l'occasion de découvrir le fameux bosquet de la druidesse...

Newt et Yazilliclick trépignaient aussi de joie.

A l'invitation au voyage de Robyn, Fiona répondit :

— Ma place est ici, à Callidyrr. Quelqu'un doit annoncer la bonne nouvelle ! Avec l'aide des rescapés de Doncastle, je veillerai à ce que Caer Callidyrr soit prêt à vous recevoir dignement quand vous viendrez !

La gorge nouée, Robyn se détourna.

La mer redevenue calme lui paraissait étrangement inquiétante.

Mais elle gardait ses angoisses pour elle.

*
* *

Dans les Géhennes, Bhaal gronda de frustration. Le plan tout entier fut secoué par une série d'explosions, comme pour mieux signifier le déplaisir de son dieu.

Mais Bhaal se reprit vite. Au bout du compte, il gagnait toujours.

C'était inévitable.

Hobarth et son armée gardaient leur position stratégique. Au cœur de la vallée, la Source de Lune était noire de cadavres.

Désormais, la Mort était bien implantée à Gwynneth.

Et la mer regorgeait de nouveaux corps !

Les ogres, les nains noirs, les hommes et même les sahuagins étaient venus grossir les rangs des sujets de Bhaal.

Les vibrations du Chanprofond habitaient encore les hommes-poissons survivants. Le dieu de la Mort y veillait.

Yssalla se régala des yeux des noyés — un délice pour les sahuagins —, avant de céder la place aux autres prêtresses, qui les déchirèrent à belles dents.

Puis sous l'influence de Bhaal, les morts s'alignèrent en rangs serrés.

L'armée infernale s'ébranla.

Gwynneth, la terre natale du nouveau souverain des Sélénæ, serait la première à tomber.

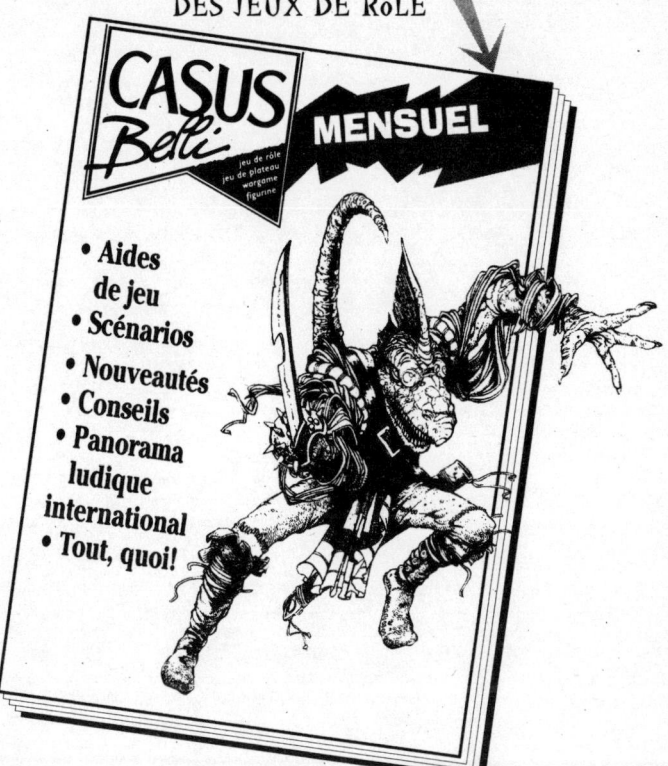

Retrouvez les héros des grandes sagas des Royaumes avec

LE JEU DE RÔLE

Un monde d'aventure et de magie pour les règles avancées de Donjons & Dragons ®

JEUX DESCARTES
1, rue du Colonel Pierre Avia
75503 Paris cedex 15

Liste des Relais Boutiques Descartes sur le 3615 DESCARTES

© D & D et AD & D sont des marques déposées appartenant à TSR Inc.

Bulletin d'abonnement

Tous les deux mois
vous découvrirez des reportages
vous présentant des univers imaginaires
comme s'ils étaient réels …

À renvoyer à DRAGON® Magazine, 115 rue Anatole France, 93700 Drancy

---

BULLETIN D'ABONNEMENT
(à remplir en majuscules)

Nom _____ Prénom _____

Adresse _____

_____

Je m'abonne à DRAGON® Magazine pour un an (6 numéros) au prix de :

❏ 175 FF seulement (au lieu de 210 FF au numéro) pour la France métropolitaine.
❏ 200 FF pour l'Europe (par mandat international uniquement)
❏ 250 FF pour le reste du monde (par mandat international uniquement)

Je joins mon chèque au bulletin d'abonnement et j'envoie le tout à
DRAGON® Magazine, 115 rue Anatole France, 93700 Drancy

LISTE des MAGASINS PARTENAIRES
PASSION Jeux de Rôles

FRANCE

13 - BOUCHES DU RHÔNE
CRAZY ORQUE SALOON
11 rue Jean Roque, 13001 Marseille
Tel: 91 33 14 48

LE DRAGON D'IVOIRE
64 rue Saint-Suffren, 13006 Marseille
Tel: 91 37 56 66

21 - CÔTE D'OR
EXCALIBUR
44 rue Jeannin, 21000 Dijon
Tel: 80 65 82 99

25 - DOUBS
CADOQUAI
7 quai de Strasbourg, 25000 Besançon
Tel: 81 81 32 11

31 - HAUTE GARONNE
JEUX DU MONDE
Centre commercial Saint-georges, 31000 Toulouse
Tel: 61 23 73 88

33 - GIRONDE
LE TEMPLE DU JEU
62 rue du pas Saint-Georges, 33000 Bordeaux
Tel: 56 44 61 22

34 - HÉRAULT
EXCALIBUR
8 rue Cauzit, 34000 Montpellier
Tel: 67 60 81 33

LIBRAIRIE DES JOURS MEILLEURS
8 promenade Jean Baptiste Marty, 34200 Sète
Tel: 67 74 86 99

35 - ILLE-ET-VILAINE
L'AMUSANCE
Centre commercial des Trois Soleils,
35000 Rennes
Tel: 99 31 09 97

38 - ISÈRE
EXCALIBUR
18 rue Champollion, 38000 Grenoble
Tel: 76 63 16 41

44 - LOIRE-ATLANTIQUE
BROCÉLIANDE
2 rue J.-J. Rousseau, 44000 Nantes
Tel: 40 48 16 94

51 - MARNE
EXCALIBUR
9 rue Salin, 51100 Reims
Tel: 26 77 91 10

54 - MEURTHE-ET-MOSELLE
EXCALIBUR
35 rue de la commanderie, 54000 Nancy
Tel: 83 40 07 44

57 - MOSELLE
LES FLÉAUX D'ASGARD
2 rue Saint-Marcel, 57000 Metz
Tel: 87 30 24 25

59 - NORD
ROCAMBOLE
41 rue de la Clé, 59800 Lille
Tel: 20 55 67 01

67 - BAS-RHIN
PHILIBERT
12 rue de la Grange, 67000 Strasbourg
Tel: 88 32 65 35

69 - RHÔNE
LE TEMPLE DU JEU
268 rue de Créqui, 69007 Lyon
Tel: 72 73 13 26

74 - HAUTE-SAVOIE
VIRUS
13 rue Filaterie, 74000 Annecy
Tel: 50 51 71 00

75 - PARIS
TEMPS LIBRE
22 rue de Sévigné, 75004 Paris
Tel: (1) 42 74 06 31

GAMES IN BLUE
24 rue Monge, 75005 Paris
Tel: (1) 43 25 96 73

76 - SEINE MARITIME
LE DÉ D'YS
160 rue Eau de Robec, 76000 Rouen
Tel: 35 15 47 46

86 - VIENNE
LE DÉ À TROIS FACES
35 rue Grimaud, 86000 Poitiers
Tel: 49 41 52 10

87 - HAUTE-VIENNE
LA LUNE NOIRE
3 rue de la boucherie, 87000 Limoges
Tel: 55 34 54 23

94 - VAL-DE-MARNE
L'ECLECTIQUE
Galerie Saint-Hilaire
94210 La Varenne Saint-Hilaire
Tel: (1).42 83 52 23

EUROPE

SUISSE
AU VIEUX PARIS
1 rue de la Servette, Genève 1201
Tel: 41 22 734 25 76

DELIRIUM LUDENS
Rüschli 17/CP 677, CH 25 02 Bienne
Tel: 41 32 236 760

BELGIQUE
CHAOS
Galerie Gerardrie, 4000 Liège
Tel: 32 41 212 920

Les Magasins **PASSION Jeux de Rôles**
sont des spécialistes des jeux de rôles,
des jeux de plateau et des wargames,
demandez-leur le catalogue.

*Achevé d'imprimer en août 1997
sur les presses de Cox & Wyman Ltd
(Angleterre)*

FLEUVE NOIR – 12, avenue d'Italie
75627 PARIS – CEDEX 13.
Tel: 01.44.16.05.00

— N° d'imp. 2865. —
Dépôt légal : septembre 1997.
Imprimé en Angleterre